U0497346

敢将风雨铸豪情

黄裕平 著

江西高校出版社

南昌

图书在版编目（CIP）数据

敢将风雨铸豪情 / 黄裕平著 . -- 南昌：江西高校出版社, 2025. 3. -- ISBN 978-7-5762-6061-8

Ⅰ. I267.1

中国国家版本馆 CIP 数据核字第 2025XC1425 号

书名题签	吴本清	文稿统筹	黄恪楠
策划编辑	曾文英	责任编辑	万丽婷
装帧设计	黄　静	责任印制	李德花

出版发行　江西高校出版社
社　　址　江西省南昌市新建区工业二路 508 号
邮政编码　330100
总编室电话　（0791）88504319
销售电话　（0791）88517295
网　　址　www.juacp.com
印　　刷　浙江海虹彩色印务有限公司
经　　销　全国新华书店
开　　本　700 mm × 1000 mm　1/16
印　　张　12.75
字　　数　122 千字
版　　次　2025 年 3 月第 1 版
印　　次　2025 年 3 月第 1 次印刷
书　　号　ISBN 978-7-5762-6061-8
定　　价　68.00 元

赣版权登字-07-2025-341

版权所有　侵权必究

图书若有印装问题，请随时联系本社印制部（0791-88513257）退换

不愿平淡锁云志

中国书法家协会会员
西泠印社社员　马俊仁篆刻

敢将风雨铸豪情

中国书法家协会会员
西泠印社社员　刘自坤篆刻

不经风雨不成器
——读《敢将风雨铸豪情》有感

张伟

裕平兄新书《敢将风雨铸豪情》将出版，嘱我作序。我才疏学浅，惶恐不敢应承。但裕平兄这份毫无保留的信任，令我无法推辞，于是认认真真拜读，拉拉杂杂谈点粗浅的感想。

《敢将风雨铸豪情》书名取自作者的联句。我这里取作者父亲早年对儿子的训言"不经风雨不成器"为标题，是一种呼应，以揭示作者修身成长之道。

中国古代考察为政贤才，依据《礼记·大学》篇"格物、致知、诚意、正心、修身、齐家、治国、平天下"的人格养成之路径，从自身修养和处理家族事务能力着手，培养为政的君子德行和综合才能。《敢将风雨铸豪情》汇编了作者作为大学生、教师、公安民警等不同时期和作为儿子、丈夫、父亲、同事等不同角色的随笔、论文、报道，以及诗词、书法、楹联。通读之后，我强烈感到作者"志于道，据于德，依于仁，游于艺"，君子之风扑面而来。

读《敢将风雨铸豪情》，我看到了什么？

我看到了一个人向上向善的不懈奋斗。小说《平凡的世界》讲述了农村青年的奋斗艰辛。《敢将风雨铸豪情》同样可以看到一个农村青年热爱学习、勇于拼搏的奋斗剪影。书中《事事留心》可见初出茅庐的年轻人用心用脑，认真思考怎样做好每一项工作；《不妨狂一回》叙写年轻人不随波逐流、保持昂扬向上的朝气；《拥有书房》《午间好读书》，可见作者如饥似渴地学习。黄庭坚诗云："青春日月鸟飞过，汗简文书山叠重。"我很多次去作者书房"思齐斋"，见书墙和案头遍满习字稿，便知作者自嘲"'蝶恋花'般地将自己泡在书房中"，绝非虚言。

我看到了一个家族勤劳朴实的美好变化。本书讲述了"文化"妈妈教育子女"树要根好，人要心好"；勇敢的父亲为养家"铤而走险"贩卖鸡鸭，晚年留下象征诚信做人的小杆秤，作为传家宝；贤惠能干的妻子相夫教子，口头禅"托你们二老的福"，彰显了孝老敬老的美德；在教儿子学会"黄氏祖传厨艺"的玩笑中其乐融融；家里每有大事、好事必上"满碗"，这份独特的仪式感激励了每个人为美好生活加油……

我看到了一个群体勤政爱民的忠诚守护。作者聚焦公安本职工作，记录了自己和战友平常而不平凡的点点滴滴。读《时代圆了我的公安梦》，明白作者何以走出大学象牙塔，参加公务员考试走进公安队伍；读《走近天红》，明白公安人眼中事业与职业的区别、小中专怎样成为"大天师"、门外汉如何变为"大专家";读《文秘·心桥》,明白什么是以百姓心为心,文秘岗位同样可以为民排忧解难;读《大山深处女刑警》,明白张小萍缘何被群众称为"山城的保护神",高大的丈夫缘何在访谈时含泪感慨"这辈子算是我嫁给她了";读《为了政协委员的重托》,知道广大公安民警如何依法行政,认真对待群众的"急难愁盼",不辞辛劳办理一件件好事实事⋯⋯

和裕平兄交往,我感觉他既是江西公安战线的一名儒将,又是"腹有诗书"的才子。《敢将风雨铸豪情》一书"与众不同"的是,其中收录了他原创的诗词、书法、楹联作品。我曾好奇地问他:"为什么还作诗词对联?"他说:"作为书法人,只一味地抄古人的诗词,而笔下毫无自己的东西,总感觉有点羞愧。"

裕平兄之诗词,颇合陶渊明田园诗、苏东坡豪放词的风格。《初冬郊游》通过白描和写意手法勾勒景物,抒发情感,情景交融。"崦嵫非为远,不肯做闲人",平淡中蕴含着作者炽热的思想情感和生活气息,意味隽永,清新自然。《破阵子·扫黑除恶》抒情言志,直抒"社稷千秋"之胸臆,一展"苍穹万里"之雄强,气象恢宏。

品裕平兄之书法,既有端庄妍美、稚拙可人一路,比如他笔下的苏东坡、褚河南风格的作品,也有宽博遒劲、气势奔放一路,譬如金冬心、康南海书风的作品。我了解到,裕平兄书法功底深厚，其作品曾入选全国第十二届书法篆刻展等十余次全国书法赛展。现在他是中国书法家协会会员，江西省书法家协会常务理事、楷书委员会委员。

  一千个观众有一千个哈姆雷特。我的读后感太粗浅，千言万语，也不如读《敢将风雨铸豪情》原著好。不管你读到什么，我相信：开卷有益。

  让我们把这本好书读起来！

2024 年 7 月 17 日于中共赣州市委党校

警界书家　铁骨雅怀
——书法家黄裕平先生印象

钟兴旺

黄裕平先生是我很早就认识的朋友。20世纪90年代初，我们同在一个小县城工作。写字的人少，谁都知道"赣县中学有个写字厉害的黄裕平老师"。我们的相识自然是因为"臭味相投"。一次全市硬笔书法大赛，获一等奖并到现场领奖的他，帮我领回二等奖奖品，并几经周折找到我单位，亲自"送奖上门"。这让我感动不已，彼此也"相见恨晚"。之后十多年，我们便经常"厮混"在一起。裕平先生于我，可谓亦师亦友，情谊笃深！

裕平先生的书法出名很早。20世纪80年代初，还在大学读书的他便小有名气。他最初拜学于吴本清教授名下，1984年参加江西省首届高等师范院校"青春杯"书法大赛，获得二等奖，一炮走红。后来他又爱上钢笔书法，便"软硬兼施"，"双管齐下"，频频在国际国内书法大赛中获奖，蜚声中国"硬坛"，曾被《钢笔书法报》头版专栏《名家星座》大篇幅推介。

裕平先生的毛笔书法作品早在1995年入展第三届中国书坛新人新作展。这件入展作品让我印象深刻：内容为苏轼《赤壁赋》和《后赤壁赋》，形式为竖幅，字体为小楷，写得精致，颇有钟繇味道。当时赣州市入国展者极少，他是第三人。

然而，裕平先生的书法之路并非一帆风顺，他也经历了寂寞和曲折。1995年入国展后，因工作性质的改变，他一度放松了书法，或者说是偏离了书法正道，以致近二十年未再入国展。

直到2016年，在书坛沉寂二十年的他突然平地而起，再次迎来高光时刻，连续三个月入三次国展：行书作品入选第八届中国书坛新人新作展、第二届"沙孟海杯"全国书法篆刻作品展，楷书作品入选全国第二届楷书展。随后他接连入展全国第十二届书法篆刻展览、2020"中国书法·年展"等全国重要展览，可谓一路高歌，用他自己的话说："迎来了书法第二春！"

裕平先生的书法最初取法汉代隶书，钟繇、王羲之小楷，魏碑《张猛龙碑》《张黑女墓志》等，以及唐褚遂良楷书，书风清新隽秀，俊朗超逸，格调高雅。

后来他又转攻苏轼楷书、行书和清代金农书法等，师从毛国典、刘文华、齐玉新等名家，游走于"秀"与"拙"之间。取法书风虽然跳跃跨度很大，但裕平先生却能拿捏自如，取舍从容，兼收并蓄，以至于最近几年他的入展作品引起了许多名家的关注和评点。这表明裕平先生的书法水平达到新高度，创作进入新境界。裕平先生书法面貌能如此脱胎换骨，水平能如此勇毅精进，个中所付出的艰辛努力是常人难以想象的。

裕平先生的成功之路难以复制。他曾当过中学老师，后来又回到大学母校任教，1997年通过公务员考试，"投笔从戎"，成为一名警察，在警界和书坛都有很高的知名度。在警察的职业生涯中，他爱岗敬业，锐意进取，业绩卓著，数次立功授奖，现在市公安局担任领导职务。

工作之余，他孜孜矻矻，砚边勤耕不辍，虽百折而不挠，作品多次入国展，成功加入中国书法家协会，并荣获中国文联、中国书协授予的第四届"文质兼美"优秀基层书法家称号。"正业""副业"两不误，"文""武"双全均出彩，这是他最令人敬佩之处！

裕平先生性格开朗，幽默风趣，人缘甚好，尤其是综合素养高，不仅书法好，其文亦佳，诗词联亦有建树。最近看到他撰并书写的两副对联，内容和书法珠联璧合。一为贺瑞金黄氏城公宗谱撰联"溯祖追宗有族乃旺；持公守正其世必兴"，用苏轼行书笔意的楷书书写，厚重中不乏灵动，大气又富有张力，给人一种积极奋进的正能量；二为他为老家祖堂"浩然堂"重建落成题联"重建本堂为何？感念先祖，赓续懿德，祈愿后嗣兴盛；会集此地做甚？共议族事，同叙宗情，乐享世代荣昌"，内容信息量大，问答巧妙，对仗工稳，字体虽以苏轼楷书为基调，但融入金农小行书意味，使人有一种陌生感，更增添了令人玩味的元素，不能不令人赞叹！他撰写的《题赣州城北门联》还荣获2024年"赣州城墙城门全国征春联活动"三等奖。

当下书坛，书写技法娴熟者大有人在，但大多为只会抄袭他人内容的"字匠"。他们按照培训班老师设计好的章法创作，轻重、枯润、大小等矛盾关系精心安排，形式上看起来固然"完美"，实际上都是一个模子出来的。这种被人诟病的"展览体"看多了的确乏味。这是"营养不良"的表现。相比之下，裕平先生的境界不知要高出多少。我想，未来书法家之间的PK，谁能走得更远，谁的实力更强，很大程度上要靠综合素质。

艺无止境。在书法探求的征途中，裕平先生永不满足。凭借他的异禀和坚韧不拔的毅力，他一定会给书坛同道们带来更多的惊喜。

我深信不疑！

（作者系中国书协第八届专业委员会职业道德与行风建设委员会委员）

目录

闲暇走笔……………………………………001

事事留心……………………………………003

不妨狂一回…………………………………005

敢将风雨铸豪情……………………………007

拥有书房……………………………………010

老人是福……………………………………013

感谢书法……………………………………016

"110"与自救互助…………………………018

午间好读书…………………………………020

时代圆了我的公安梦………………………022

大山深处女刑警——记安远县公安局刑警大队教导员张小萍………025

为了政协委员的重托——赣州市公安局整治城区犬患侧记………033

走近天红……………………………………039

心若在，梦就在……………………………043

生命的鼓点…………………………………………047

文秘·心桥…………………………………………051

绿萝…………………………………………………054

早成与晚达…………………………………………058

"文化"妈妈…………………………………………062

说说先进典型的"保鲜"与"保质"………………068

厨庭趣味……………………………………………072

"满碗"………………………………………………076

享受"逼迫"…………………………………………081

小杆秤………………………………………………085

砚边絮语…………………………………………091

谈读帖与临帖的关系………………………………093

书法学习四要………………………………………097

少儿书法选帖之我见………………………………100

谈谈书法与写字……………………………………103

"天覆"与"地载" ……………………………………………106
书法学习中的"症结"及其疗救 …………………………108
少儿怎样写好笔画 …………………………………………116
浅议书法学习过程中的心理调控 …………………………119
话说字帖 ……………………………………………………123
因势利导　注重实效——高等师范院校"三笔字"教学刍议 ………126
怎样上好高师"三笔字"课 ………………………………137

凝思拟古 ……………………………………………………141
小柑橘 ………………………………………………………143
回乡即景 ……………………………………………………144
新春寄侄 ……………………………………………………145
题黄氏族谱诗 ………………………………………………146
初冬郊游 ……………………………………………………147
为吴本清先生书法展题嵌名联 ……………………………148
行香子·人生警 ……………………………………………149

西江月·初夏晚步	150
破阵子·扫黑除恶	151
为瑞金黄氏族谱撰联	152
为重建浩然堂撰联	153
题浩如公画像嵌字联	154
西江月·下班道中	155
为石城城公祠厚德亭题联	156
为祖祠题联（一）	157
为祖祠题联（二）	158
题赣州城北门联	159
自撰联（一）	160
自撰联（二）	161
自撰联（三）	162

笔花墨叶 …… 163

楷书　习近平词《念奴娇·追思焦裕禄》…… 165

题会昌汉仙温泉	166
题信丰阳明洞	167
题于都濂溪书院联	168
小楷　《心经》	169
楷书　苏轼《虔州八境图》	170
楷书　陶渊明诗一首	171
楷书　白玉蟾诗《元旦在鹤林偶作》	172
楷书　古诗六首	173
行书　绎志读书联	174
小楷　苏轼《念奴娇·赤壁怀古》	175
行书　雨后风前联	176
楷书　见贤思齐	177
小楷　古人座右铭二则	178
隶书　《朱子家训》	179
楷书　文天祥《正气歌》	180
行书　宋词二首	181

行书　修身积德联……………………………………182

行书　司马光《真率铭》………………………………183

楷书　李白《宣州谢朓楼饯别校书叔云》……………184

楷书　宋词二首…………………………………………185

楷书　立德悟心联………………………………………186

行书　有雨无风联………………………………………187

楷书　临苏轼《跋吏部陈公诗帖》……………………188

后记……………………………………………………189

闲暇走笔

生活就是一首歌,一路行走,一路吟唱,便有了不同的体会、不同的滋味,或心感俯仰,或思绪摇曳,或情境缠绵。于是,将其缀成音符,汇成生命的旋律……

赣州文庙　张有财/绘

事事留心

真佩服古人闲来下棋能领略到"对弈如对阵""世事如棋局局新"的妙处。下棋本为娱乐消遣之举，他们却能如此经心着意，实乃难能可贵！

出于工作的需要，近两年来，我常参加各式各样的大小会议。出席会议看起来极为清闲：往会场里一坐，或闭目养神，或评天论地地小侃，如此而已。其实，事非经过不知难。当有一天自己成为会议的组织者时，我才痛悔当初列会时视而不见、听而不闻，以致自己唱主角时却傻了眼、乱了神，才觉得这会前、会中乃至会后的学问还真多。吃一堑，长一智。此后的会场，我未敢轻视，除认真领会文件和报告的精神外，对会场的布置、来宾的就座、程序的安排、主持人的风采，以及领导讲话的口吻、态势等，都细细地留心、细心地琢磨。小小的笔记本总是记得密密麻麻，大脑也似乎被兴奋填满。当我再次主持会议时，竟能得心应手，驾轻就熟了。

开会如此，其实生活中的每一个小小场面和细节也都如此。轧马路、逛商店、听音乐、侃大山，看似平淡无奇，实则蕴藏着不少知识和道理。如果我们对此漫不经心或稍有疏忽，那么我们很有可能处处碰壁。相反，善于学习，处处用心动脑，生活将给予我们许多许多。凡事如能未雨绸缪，我们才能左右逢源、游刃有余，而不至于临渴掘井。只要我们能自觉认真去品味和读懂生活的每一处，那么我们的思维便可因此而辐射延伸，我们的思想也可因此而凝聚升华。

"嬉笑怒骂皆成文章"嘛！

此文系作者处女作，发表于 1994 年 2 月 4 日《赣南日报》

不妨狂一回

生活中，我们常常会听到有人议论说"某人真狂"。而被冠以"狂"名的人大多也是闻"狂"而色变，或懊恼郁闷，或愤愤不平，仿佛自己被钉上了耻辱柱一般。自己本没什么值得炫耀之处而又大言不惭，夜郎自大；或者确乎有超凡出众之才且又恃才傲物，目空一切，这些人被称作狂人可算是名副其实的了。而倘若自己才学平平，却又有自知之明，从不自夸，或者虽才华过人，功绩斐然，但他心诚貌恭，绝无狂姿傲态，这类人如果也被说成是狂者，则未免冤屈了他们。

记得刚参加工作那阵子，我把整个身心都投入教学当中，想趁自己年轻干一番事业。可结果呢？背后有人说我出风头，有人说我不自量力。一个字——狂！何狂之有？我百思不得其解。然而人言可畏，我的心受到了莫大的挫伤。我有些后悔，后悔自己在没了解"世道"之前就这般认真、冲动。于是一改初衷，凡事皆取"中庸之道"，不再那么积极用心了，除了上课，便"躲进小楼"，不问春秋。

此后的几年，我谨言慎行，"日三省吾身"。在别人眼里，我不再是狂者。然而，我深深地感到自己的生活锐气被削减了不少，棱角被磨损得差不多了，自己仿佛生活在闷胡同里一般，浑浑噩噩，别无新气象。再看看自己身边，也不乏"狂人"，但他们并没有被"狂"名所裹足，也没有却步。相反，他们越"狂"越红火，事业上多有建树，令我钦羡不已。于是乎，我又不禁向往起"狂"来，私下里还不知思量过多少回这"狂"的内涵！我真痛惜自己当初没有一直"狂"下来。现在我终于明白，"狂"有时也是一种美丽。只要我们是真正的"淡泊之士"，那么这"狂"便是一种进取、一种开拓，就是我们事业赖以成就的精神动力！

如果"狂"能无憾人生，无愧于社会和人民，那么我们就不妨潇洒地"狂"一回。

真的，我这话一点儿也不狂！

此文发表于 1994 年 8 月 22 日《赣州晚报》

敢将风雨铸豪情

也许是因为年幼不懂天气的变化规律的缘故吧，小时候我是十分讨厌风雨的。每逢刮风下雨，我总要对着老天咒骂不休，大有非把苍天骂出个笑脸来不可之势。因为这恼人的风雨，我还曾受过一些委屈。

记得十岁那年初秋的一个下午，我和伙伴们正在山坡上放牛、嬉戏，天忽地变了脸，刮起了大风。眼看就要下大雨，同伴们急忙赶着牛回家。我年龄最小，偏偏那牛又是不听使唤的，我只能慢慢腾腾往家赶，全身上下也被大雨浇了个透。慌急中，我哭了。待回到家时已是夜幕降临。我以为爸妈见了我这窘态一定会十分心疼，却没想到父亲见我哭了便生气地对我说："淋点雨就哭，还像什么样子。要知道，不经风雨不成器！"当时我的心仿佛被无端地扎了一下，觉得有说不出的委屈，心里直骂这风雨无情。

长大后，虽已懂得这风雨阴晴乃天意不可违，但终因孩时的心理作用，每每天公不作美，我仍常为之郁郁不乐——毕竟，风雨给我平添了许多寂寞与愁绪。

然而，我越是恼风愁雨，生活却越让我避之不开。去年，我有幸从县城调回母校赣南师院工作，每次上课，得骑自行车行十余里路，秋去春来，其间自然不知要经历多少风风雨雨。起初自己心理上委实难以接受，总有一种望风雨而兴叹之感。然而，一次又一次的风来雨去，我渐渐习惯了，不但如此，还慢慢地从中品出个风情雨味来了呢！

在风雨中穿行，眼前的世界是那样的清新爽洁，没有尘埃障目，没有燥热缠身，我尽可优哉游哉，纵情地欣赏这风雨中扑朔迷离的景致。倘或遇上狂风骤雨，那周身的烦闷和倦怠被统统冲洗去，全身顿然被注入无穷的活力。车凭风威，人借雨势，脚下的路程一下子便缩短了不少，心中不觉有豪情十倍。

诚然，风雨兼程是需要勇气和信念的。惧风怕雨，那么它会让你寸步难行，甚至裹足不前，你也只能是一个懦夫；而敢于正视那风风雨雨的人，风雨会赋予他力量和勇气，甚至更多更深刻的内涵。

生活少不了风风雨雨，人生道路更不可能一帆风顺。没有风雨的人生是索然无味的，不经风雨的人也只适合做温室里的花朵。真正的生活强者是敢于迎着狂风和暴雨勇往直前的人。他们在经历了一次次的风雨"洗礼"之后，便能在任何时候表现出"也无风雨也无晴"的人生态度来。

如今我终于读懂了父亲的那句"不经风雨不成器"。我庆幸生活给了我这样一个风雨练身的机会。无数次的风里来雨里去,不仅强健了我的体魄,炼红了我的青春,而且也磨砺了我的意志,增强了我的自信。我虽不敢断言自己日后能干出一番经天纬地的事业来,但我坚信,无论在生活中、事业上遇到多大的艰难险阻,我都能以百倍的勇气和顽强的意志去正视它们、战胜它们。

"不愿平淡锁云志,敢将风雨铸豪情。"风雨中,我吟成了这样的诗句。

此文发表于1995年5月13日《江西青年报》、1995年6月15日《赣南师院报》、1999年6月15日《人民公安报》

拥有书房

多年来，一直想拥有一间书房。此次喜得乔迁，我终于如愿以偿了。

记得搬家那一天，我是哼着小曲经营着自己的书房的。十二平方米的书房虽然并不很大，且室内陈设也简单明了，仅一床一桌一书橱而已。然而，这于我已是十分满足的了。书橱倚壁高高而立，层层井然地排放着我多年来积攒的书籍，远远望去，蔚然而生气象。书房正中是我亲手设计的读书习字两用的超长超宽书桌，桌面两端摆放着文房四宝和平日阅读的书报、字帖等。这一切与墙上悬挂的名人书画作品相映而成意趣，使整个书房洋溢着浓浓的书香气息。至于那床，一为倦怠时休息之用，二来是摊放和欣赏书法作品的好场所。

虽说书房姗姗来迟，但书房名却早在十年前便已拟定，名之曰"思齐斋"，意在鞭策、警醒自己见贤思齐、不断进取。我还特请书法家吴本清先生题写斋名。于是乎，书房也就因此而

"名正言顺"了。

　　拥有书房，在当今众多人看来是不值一提的，而于我则是再快意不过之事。工作之余，我无暇去感受这外面的世界有多精彩、多热闹，也无心去掂量这"孔方兄"的魅力究竟有多大，而只"蝶恋花"般地将自己泡在书房中，一品那"布衣暖，菜羹香，诗书滋味长"的内涵。夜阑人静，妻儿都已睡去，我再也不必像以前在卧室兼书房里那样怕惊醒了他们，而尽可一任情性读书作字。即便偶有兴会，亦无妨引吭高歌一曲。

　　拥有书房，我也拥有了欢乐的憩园。平日里我最痴恋炽爱的莫过于舞笔弄墨。兴之所至，则铺纸添墨，砚边纵情。稚子

作者在书房（1996年摄）

不知何时悄然入室，倚立身旁，明眸扑闪，注视毫端。爱妻也喜到书房来翻看"红楼""三国"什么的。当一纸既成，儿便欢呼雀跃，童言奖赞。我与妻不禁相视而笑，继而便又三人拥在一起，纵情欢乐，仿佛天地间仅此一书室矣！

拥有书房，真好！

此文发表于1997年3月27日《赣州晚报》、1997年5月12日《赣江大众报》

老人是福

也许是因为从小就生活在农村,经常和老人在一起,对老人,我总有一份特殊的情感。

那时,因为子女多,我的父母一天到晚只忙于一家老小的生计,而很少有时间关顾孩子。陪伴我们的是祖父母。在我心目中,那是一对极其慈祥而善良的老人。和他们在一起,我感到十分快乐和幸福。祖父母也十分喜欢我们姐弟几个,经常夸我们听话、可爱,爱学习、有出息。每每这时,父母总是说:"都是托你们二老的福。"当时的我,真有些不解。记得刚上小学那年的期末考试,语文、数学我都得了一百分,祖父母又乐得夸上了,父母自然又是那句"都是托你们二老的福"。我一听,不服地说:"这明明是我自己考的,怎么是托他们的福呢?"于是,祖父母和父母都哈哈大笑起来。

如今我们兄妹十人都已长大成人了,都有了自己的小家。我和四哥还考上了大学,参加了工作。我们都过上了幸福的日子。想想当年在那样艰难困苦的情况下，我们能走到今天，也真是托了祖父母的福！

在我的记忆中，村里的老人和祖父母一样都是十分慈祥善良的。村里的小木桥塌了，很快就会有一位老人一锄一锄地挖呀，填的，尔后捎来一两块新木料架上，于是路又通了。老人说这叫"修德积福"。谁家的孩子生病了，老人们总会陆续地去看望，有的手上拿着"猪屎草"或陈年菜干什么的。在他们看来，这些是"祖传秘方"。说来也奇，孩子吃了老人的"药"，居然奇迹般地好起来了。现在回想起来，连我自己都感到非常诧异：那时村中那么多小孩，竟没有一人上过医院——莫非这真是"托了老人的福"？！

正当我深味父母那句"托老人的福"时，最近两年，我的心又时常被一些耳闻目睹的事所震撼：无论是乡村，还是城市，如今"娶了媳妇忘了娘"的现象又有抬头，谩骂、殴打甚至戕害父母的情况也时有发生。老人们有的是孤家寡人，无人赡养，生活极其艰难凄惨，令人闻之见之愤慨不已。

我简直不敢相信在我们这样一个有着悠久敬老爱老养老传统的国度里，如今人们生活水平大大提高了，可有的人伦理道德竟沦丧到了如此境地。这怎能不令人痛心疾首、心惊义愤呢？

如今我的父母也已年迈。为了让他们安度晚年，在我和妻子的强烈建议下，他们才忍痛离开了他们过去日出而作、日落而息的故土，来到了繁华的城市，与儿孙们生活在一起。

同父母生活在一起，我和妻子都感到无比愉悦和幸福，我仿佛又回到了老人的怀抱。父母一有空，就教小孙子识字、写字，和他做游戏，给他讲故事。爷孙两辈呀，别提有多亲昵，好一派"黄发垂髫，怡然自乐"的家庭氛围。也不知怎的，当父母同当年祖父母夸我们一样地夸小孙子如何可爱时，我和妻子都不约而同地发自内心地应道："托你们二老的福。"

这绝不是两代人偶然的巧合，这正是生活的真谛、心灵的感应！

同老人住在一起，家庭便会多一份天伦之乐；同老人住在一起，生活便会多一层悦目的光彩。赡养父母是我们的义务，关心爱护老人是我们的美德。我赞美那些孝敬自己家的老人，甚至"老吾老，以及人之老"的人。他们在传递着道德历史的接力棒！我唾弃那些遗弃老人、迫害老人的逆子逆孙们，他们不仅在损坏道德，更在埋葬他们自己的灵魂。

老人是福，老人应当幸福，而赡养、关心老人的人也一定有福，我坚信！

此文发表于1997年4月14日《赣江大众报》、1997年4月24日《赣州晚报》、1997年10月21日《江西青年报》

感谢书法

从喜欢上书法到现在已是十八个年头了。十八年来，我对书法不仅仅是钟情与热爱，而且从心底里感谢它。

刚考入赣南师院那年，在班上的一次书法比赛中，我榜上无名。这使我发誓，一定要练好字，当一名出色的教师。就这样，我搭上了"书法列车"，开始了自己的书法旅程。勤学苦练，使得我在省内外频频获奖，很快便成为学校的"红人"。在当时，我就树立了一种自信：做每一件事情，只要你热爱它，坚持不懈地努力下去，就一定能够成功！

三年后，我大学毕业了。本以为能分配到一个好单位，不料却被"下放"到一所乡村中学任教。伤感沮丧之余，是书法伴我度过了一个个不眠之夜。那时，除了教学，我几乎把所有的时间和精力都投入书法学习中。浸染翰墨，挥毫临帖，使我没有了烦恼和悲伤，没有了疲乏与单调，有的只是恬静和快慰，生活过得格外有滋有味。书法教我渐渐地悟到了"自强"二字的含义，从而使我在刚刚踏上人生航程之时便鼓足了风帆，破浪前行。

无论自己工作有多忙，无论生活中遇到怎样的艰难挫折，有书法陪伴，我便会有无穷的乐趣和力量。长期的书法学习和磨炼，不仅坚定了我堂堂正正做人、认认真真做事的生活信念，而且铸就了我宁静笃实、乐观进取的精神品格。因为有对书法的痴诚与热爱，我得以结交了许许多多真诚的朋友；因为有对书法的一丝不苟、孜孜以求，我对每一项工作都能精益求精、止于至善；也因为有对书法的执着与探索，我便能始终满怀信心地去发掘生活的底蕴、感悟人生的真谛。于是，我不仅在书法上赢得了一项项荣誉，而且在教学工作、演讲及文学创作等方面，也获得了一次又一次的成功；于是，我从中学调回大学母校任教，继而又加入公安队伍，成为一名光荣的人民警察——这一切，都离不开书法的帮助！

书法学习需要坚忍不拔的毅力，同时更需要"心若止水"，自甘寂寞。砚边勤耕守一方净土，心濡目染观千种法帖，不期然而然地使我产生了对事业的强烈渴望与热忱。尽管商品经济大潮面前人心涌动，尽管外面的世界多么精彩又多么充满诱惑，而我丝毫不为之所动所惑。是的，有了对事业的追求，生活中还会缺少什么？正如我有了书法，生活便永远充满了情趣！

我有幸爱上了书法，我更深深地感谢书法，真的！

此文发表于1997年5月7日《赣江大众报》

"110"与自救互助

当前，人民群众对公安工作褒扬和赞誉最多的莫过于"110"了。"远亲不如近邻，近邻不如110"，已成为全社会的共识。"110"以其"有警必接、有险必救、有难必帮、有求必应"的承诺和快速出警，给社会和人民所带来的益处是有目共睹、有口皆碑的。

然而，目前存在这样一种现象：有些人因为有了"110"，自救和互助的意识却在淡化。或者事不关己，便高高挂起；或者事无巨细，也不论轻重缓急，不论自己力所能及的还是难以办到的，都拨打"110"，从而对"110"产生了一种严重的依赖思想和求全心理。如去年我区某县发生了这样一件事：一青年女子缓缓走向江心欲寻短见，围观群众无一人上前劝救，最后有人拨通了"110"。民警及时赶到，一番劝说开导，方使女子重又看到了生活的希望。"110"民警挽救了女青年，这固然值得欣喜，但那些无动于衷、袖手旁观的围观者，就不能不引起我们的深思。倘若不是"110"，或者"110"没来得及赶到，莫非这女子真的将在众目睽睽之下魂入江河不成？而类似这种事件又何止这一起呢？

由此，笔者以为，有了"110"，社会同样需要自救和互助精神。只有将"110"和公民的自救互助意识融合在一起，我们的社会才会变得更加美好。愿我们每一位公民都来主动承担一份社会责任，自觉增强自救和互助意识，为"110"减一份压、分一份忧，以使"110"能更好地在打击犯罪、维护社会治安稳定中展雄风、显神威！

此文发表于1998年2月23日《赣南日报》

午间好读书

走出大学校门参加工作，已是十三个春秋了。其间我当过中学教师、基层团干，后来又调入高校任教。身为读书人，又是教书人，读书便是我的一大爱好。记得当大学老师那阵子，自己支配的时间可真不少，常常是一整天没课，于是便"躲"进书房，一任性情地看书练字，或"爬格子"什么的。困了便躺下，醒来又读书，煞是自在！

去年，我顺利通过了全区首次公务员录用考试，成为公安队伍的一员新兵，告别辛勤耕耘了十二个春秋的讲坛。走进机关办公室，生活发生了巨大的变化，内心自是喜悦。然而，就读书而言却没有了以往那番从容自得。上了班，往往诸事缠身，马不停蹄，不敢怠慢。偶或有片刻闲暇，也想轻松活跃一下，与同事们聊天谈心，交流思想，这也属情理之中。因此，一天下来，总觉得生活中少了点什么似的。

诚然，更换岗位，从事公安工作，一切都得从头学起，不抓紧时间看专业书籍、读各类报刊是断然不行的。尤其是像我搞文秘这一行，通过读书阅报来熟悉业务，提高工作水平就更显得刻不容缓了。

渴则思饮。于是，我选择了午间读书。

午间好读书。通过这段时间的生活体验，如今我解得其味了。离家远，上午下班后便索性不回家，到食堂草草吃罢午饭，尔后便将自己"关"进办公室，"蝶恋花"般地读书看报。这时，偌大一幢办公楼独独我一人，四处寂然，办公室便也显得格外空旷。室内，我伏案阅读，心若止水，好不惬意。先将当天的报纸"吃"个透，然后看自己喜欢看或急需看的书，仿佛重又找回了那份从容自在与愉悦充实。

午间好读书。你可以一目十行走马观花般地快速浏览，也可以咬文嚼字慢吞细咽地尽情品味。午间读书，无人打扰，也无须顾忌。会心得意处，你完全可以兴致盎然地在室内来回踱步，高声吟诵，陶然自醉。而若是费解寻味处，你又可掩卷闭目，任脑海波翻浪涌，直使得你怦然心动，拍案叫绝！

哦，午间读书，真好！

此文发表于1998年4月20日《江西公安报》

时代圆了我的公安梦

我做梦都想当人民警察，但我做梦也没有想到自己真的当上了人民警察。

那是二十年前的一个夜晚，父亲在公社开完会后，来到我就读的中学接我回家。当我们行至一条蜿蜒的山间小路时，突然从路旁的荆棘丛中跳出两个"魔影"，"魔影"厉声地说："站住，留下买路钱！"父亲明白遇上了剪径强盗了。我紧倚在父亲身边战栗着。就在这危急关头，一骑自行车的男子飞速从我们后面赶了上来，大吼一声："谁敢行凶，我是警察！"两歹徒见势不妙，慌不择路地逃窜了。之后，那位警察又护送我们到家门口。父亲感激不尽，临别，问他尊姓大名，他只轻轻地说了声"我是警察"，便转身消失在夜色之中。从那以后，"我是警察"这句话时常萦绕在我的耳边，既威严又亲切，使我萌生了长大后当一名人民警察的强烈愿望。

1983年7月，我以优异的成绩高中毕业了，满怀信心地参加了高考。填志愿时，我填的是纯一色的公安院校，大有当警察志在必得之势。然而，事与愿违。我接到的是师范学院的录取通知书。那时，我虽然为考上了大学而高兴，但是，我更为自己多年来编织的公安梦被击碎而黯然神伤，仿佛自己的命运之舟定了格：日后我将在三尺讲台上披一身粉笔灰，教书育人写春秋了。我痛惜自己有心栽花花不发，这辈子与警察无缘了。尽管后来自己成了一名被人尊敬的大学教师，但那份警察情愫依然荡漾于胸，难以释怀。每当我在大街小巷看到那身穿橄榄绿的人民警察时，便会肃然起敬，热血汹涌，心生无限的歆羡，并重又勾起那甜甜的公安梦呓。

时代万象新，九月又重阳。当今时代充满了机遇和竞争。两年前，赣州地区首次向社会公开招收国家公务员的考试拉开了序幕。我怀着激动的心情来到报名处，但见那"公开考试，公平竞争，择优录用"的横幅标语赫然醒目，仿佛向我昭示：这里，又是人生难得的一次拼搏！满怀着希冀，同当年一样，我毫不犹豫地在报考表上郑重地填上了"地区公安局"。当人民警察的希望又一次炽热地燃起来了，激励着我去奋力一搏。经过一番努力，我凭着自己的真才实学顺利地通过了笔试、面试、政审考核等，终于成为公安战线上的一员新兵，圆了我二十年来的公安梦！

回想起自己走过的路，我不止一次地深深庆幸，庆幸自己赶上了改革开放的大好时代。我深谙，是党的十一届三中全会恢复高考制度，使我这个农家子弟得以走进"象牙之塔"，尽情地吮吸知识的甘泉；是国家推行人事制度改革，实行公务员录用考试，使我圆了多年来未圆的公安梦。改革开放二十年来，中华大地焕发出了勃勃生机，给每个有志之士提供了搏浪弄潮的广阔天地。

如今，梦想成真。我已是一名光荣的人民警察了，我深感自己肩负的重任。我决心永远高举邓小平理论的伟大旗帜，时刻牢记人民警察全心全意为人民服务的宗旨，为改革开放和老区经济腾飞，为保一方土地和人民的安宁，扎实工作，争当一名优秀的人民警察，争做一个大写的人！

此文发表于1998年11月27日《赣州晚报》、1998年12月10日《江西公安报》、1998年12月15日《人民公安报》

大山深处女刑警
——记安远县公安局刑警大队教导员张小萍

在江西南部，地处闽粤赣三省交界处的山区安远县，有这样一位女刑警，短短几年时间，她靠拼搏进取，从刑侦工作的"门外汉"成长为刑侦战线的一名女骁将，带领民警侦破各类刑事案件两百余起，亲手抓获犯罪嫌疑人八十名，被当地群众称为"山城的保护神"。

她，就是安远县公安局刑警大队教导员张小萍。

年逾四十岁的张小萍，1985年参加公安工作，先后在派出所、秘书科、治安科工作过。1997年4月，她被安排到刑警大队工作。当时，她有点不解：怎么叫个女人干刑警？然而，生性刚强的张小萍，没有埋怨，没有退却。

——张小萍："既然组织选择了我，我就一定要在刑侦岗位上干出个样子来！"

为了尽快进入角色，熟悉刑侦业务，张小萍坚信：勤能补拙，恒可专功。她每天第一个上班，最后一个下班。一有空，她就扑在办公桌前看刑侦业务相关书籍，或"泡"在档案室里，一份一份地看案卷，看笔录，仔细揣摩询问技巧，探析犯罪嫌疑人的犯罪心理特点。尽管她是大队年龄最大的民警，但和同伴外出办案，她俨然像个学生，不懂就问，及时记录。有时，她会从队友手中抢过纸笔，主动做询问笔录，或者索性当审讯员，与犯罪分子斗智斗勇。每办完一个案子，她都要认真琢磨一番，总结其中的成败得失。

考验总是光顾对事业执着追求的人。有段时间，安远县城连续发生多起蒙面持刀抢劫案，犯罪嫌疑人在偏僻的路上蒙面持刀抢劫单身骑摩托车的过往车辆，每次作案四起以上。一时间，这座小小山城人心惶惶。张小萍主动请缨，不尽快抓获气焰嚣张的歹徒，就愧对"刑警"荣誉，愧对安远百姓！

连续十几天，她组织民警在城区布控，并不定期带领民警通宵达旦地在案发路段守候。然而，犯罪分子始终未露面。针对犯罪分子作案多选择在深夜的偏僻路段，对象是单身骑摩托车的人这一情况，张小萍决定将计就计，引"狼"出动。而刑警大队只有她一个女性，身为副大队长的她当起了诱饵。她不顾生命危险，在深夜时分独自骑行在僻静的道路上。二十八天后，古某荣、林某绿两名犯罪分子终于落入法网。随后，张小萍又带领民警乘胜追击，在车头镇、双芫乡等地相继抓获刘某进等九名犯罪分子，并一举破获系列抢劫案二十二起。队友们第一次被这位女刑侦副大队长的神勇之举所深深折服！

张小萍不仅勇敢、坚毅，而且善于发挥心细善察的特点，抓住犯罪嫌疑人的心理，巧破疑案。2002年1月14日，安远县三百山镇发生一起投毒杀人案。经缜密侦查，警方最终锁定该镇一名叫李某英的青年女子。但审讯过程中，李某英拒不承认，案件陷入僵局。张小萍反复细致分析案情，仍无法排除李的作案嫌疑。于是，她抓住李顽固、要强的个性特点，主动贴近她。在看守所里，她和李面对面拉起了家常，压根儿不提及案子。经过一番迂回聊侃，入情动容处，张小萍突然话锋一转，提到那个被毒死的小女孩。李某英不禁失声痛哭，悔恨不已，终于供述了全部作案过程。

经过几年的摸爬滚打，张小萍由一名刑警新兵逐渐磨炼成长为一位警坛老将。1999年7月，她走上了刑警大队副大队长的岗位。2002年7月，她又被提升为刑警大队教导员。

——民警："张教在工作上是个'女拼命三郎'，办案中是个'黑脸包公'，我们服她！"

刑侦工作是一项特殊的公安工作，充满着挑战和艰辛。在安远刑警大队，同事们都说张小萍是个"女拼命三郎"。她总是身先士卒，雷厉风行，忘我工作。为了侦破一起案件，张小萍常常没日没夜地工作，完全忘记了自己是位女性。为了抓获一名犯罪嫌疑人，张小萍会带领民警不顾月黑风高，步行几十公里的山路，从深夜一直忙到天亮。

2001年4月，张小萍咳嗽不止，经常感到胸闷气虚。领导"逼"她到医院检查，医生怀疑是肺癌。面对突如其来的打击，张小萍首先想到的是自己心爱的刑侦工作。她在广州做完开胸手术，最后确诊为肺结核和淋巴结炎。医生告诉她，过去这叫"痨病"，是长期熬夜和高强度的工作所导致的。

刚从死亡线上挣扎回来的张小萍，不顾病后体虚，不顾家人和领导的劝阻，又立即投入紧张繁忙的工作中。时值全国追逃统一大行动，她与战友披晚风、沐晨露，经常通宵达旦地工作，全然忘却了自己还是个病人。那年8月，她连续抓获了三名网上逃犯，有五名网上在逃人员在张小萍的劝说下主动到公安机关投案自首。个中艰辛，只有张小萍自己最清楚。

工作中，张小萍总是把最苦最累的活留给自己，把方便留给别人。2002年正月初一上午，安远县车头镇车头村魏屋组的小河中发现一具女尸。接警后，正在休假欢度春节的张小萍迅速调集人马赶赴现场。按照当地习俗，大年初一接触死人是大不吉利的。在勘验尸体时，张小萍二话不说，协助法医解剖尸体，分析死因。经验证，死者系他杀，为劫财害命。随后，张小萍又带领民警进行艰苦的调查摸排工作，从查找出租摩托车入手，锁定了尾号为83的摩托车。案发后历经十八个小时终将犯罪嫌疑人唐某抓获。这起发生在新春第一天的血案成功告破。

张小萍办案始终一身正气，一腔豪情，从不拿原则做交易，不屈从于威胁和恐吓。2001年6月，她受命负责侦办一起黑社会性质团伙犯罪案。接案后，张小萍带领民警深入城区，调查取证，很快便查清了该团伙的犯罪事实：团伙成员十一人，曾多次被劳教、劳改的"烂仔"唐某峰、刘某升、钟某明等与牛肉摊主薛某芳、欧阳某胜等共十一人，以垄断县城牛肉市场为手段，哄抬物价，殴打商贩，专横跋扈，胡作非为。该团伙不仅有严密的组织和管理制度，且内部分工明确、纪律森严、资金雄厚，短短三年时间就疯狂敛财六十四万余元，是个典型的黑社会性质组织。该组织还与当地动物检疫部门、税务部门个别干部勾结在一起，沆瀣一气。

在案件办理过程中，张小萍曾多次接到他人送来的厚礼，请她网开一面，高抬贵手。张小萍不为所动，严词拒绝。接着，张小萍便多次受到威胁和恐吓。有一次下班回家，她发现家门口有一封恐吓信。信中威胁说：如果继续查此案，便要杀了你全家。张小萍并没有被此吓到，也不顾家人的再三劝阻，毅然坚持严肃办案，终于将这一团伙成员一网打尽。充当"保护伞"的两名干部也受到了应有的惩罚。她用高悬的利剑捍卫了法律的尊严，维护了一方平安！

——丈夫："她一心扑在工作上，家却顾得太少。这辈子算是我嫁给她了！"

熟悉张小萍的人都知道，她是个很有家庭责任感的人，也是处理家务的一把好手。过去在秘书科、治安科工作时，张小萍是里里外外一手抓，把一个三口之家调理得妥妥帖帖。可自从调入刑警队工作以后，她的生活节奏完全被打乱了。为了熟悉公安刑侦业务，她白天忙上班，晚上忙"充电"，加班加点完成了公安管理专业的自学考试，大专毕业后又参加了中国人民公安大学的本科自学考试，根本无暇顾及孩子和家务。为此，她把自己远在广东的父母接过来，帮助处理家务和照料孩子。儿子快上初中了，为了不影响儿子的学习，她和丈夫商量，把儿子送到赣州一所私立学校读书。

张小萍的丈夫童长华原来在县葛坳林场上班，后来下岗了。她至今还记得丈夫刚下岗那阵子，成天在家抽闷烟，心情焦躁不安的情景。为了打发时光，他揽下了家务活，洗衣、买菜、做饭，成了一名地道的家庭主夫。就为这，张小萍既心酸又欣慰。心酸的是，自己很少在家陪丈夫聊天，排遣他内心的愁闷；欣慰的是，丈夫主理了家务，她再也不用为这个家操心了。让张小萍深感内疚的是，担任刑警副大队长以后，经常在节日家家团圆时，她在外办案，把丈夫和孩子撂在一边。记得自己三十九岁生日那年，按老家风俗女人逢九要庆贺，丈夫、儿子提前悄悄商量好要为她办个生日宴。那天早上五点，张小萍接到一起抢劫案，一早就到几十公里外的山村办案去了。中午儿子打电话给她，她却正在大山中追捕凶犯。等她完成了任务，拖着疲惫的身子走进家门时，已是午夜时分。丈夫和儿子已熟睡在沙发上，一桌饭菜早已凉了。望着丈夫和儿子为自己精心准备的一桌生日宴，张小萍再也控制不住自己的感情，拥着丈夫和儿子，泪流满面。

都说"男儿有泪不轻弹，只是未到伤心处"。2003年春节，安远县委常委、公安局局长陈晓清等局领导来到张小萍家，给她全家拜年。领导的关心，让张小萍夫妇感动不已。聊谈中，童长华既激动又委屈地说："她一心扑在工作上，家却顾得太少。这辈子算是我嫁给她了……"说着说着，这位身高1.76米的安徽大汉竟然放声哭了起来。

张小萍对工作一丝不苟，竭忠尽智，对自己却很苛刻。丈夫下岗后，自谋出路做生意，善于经营的他几年下来收获颇丰，但家境优越的她没有像其他同龄女人一样去光顾美容院和服装店，也没有同丈夫逛过一次商场。当夕阳西下，人们漫步在林荫道上、小河边，尽情享受大自然的醇美时，张小萍却正带着民警奔忙于大街小巷、崇山峻岭之间，为保一方平安挥洒热血。

张小萍的无私奉献，也赢得了组织的肯定和人民的爱戴。她先后被评为全市"刑侦工作先进个人"、"优秀人民警察"、

"星级创优"先进个人，并荣获"五一劳动奖章"，荣立个人三等功一次。

此文系与安远县公安局郭飞鹏同志合作，由本人执笔，发表于2004年7月29日《赣南日报》和《江西公安》2004年第8期

为了政协委员的重托
——赣州市公安局整治城区犬患侧记

近年来，随着人民生活水平的迅速提高，广大市民对物质生活和精神生活的需求不断攀升，城市居民家庭养犬的基数显著增加，由此带来的城区犬患问题日益突出。整治城区犬患已成为赣州城市管理的一个重要课题！

——犬患反弹，政协委员呼声再起

与其他城市一样，近几年，赣州城区的市民把饲养宠物犬当成一种时尚，养犬人群日渐庞大，犬类扰民、伤人的事件也时有发生。据有关资料统计，2000年赣州全市共报告狂犬病103例，且病人全部死亡。

触目惊心的数字和犬类伤人血淋淋的事实，引起了政协委员们的高度关注。他们纷纷谏言，呼吁有关部门立即采取有效措施，加大城区犬类管理力度，保障市民的健康和生命安全。

2001年5月，赣州市政府正式颁布了《关于加强赣州城区犬类管理暂行办法》。赣州市公安局在市委、市政府的正确领导下，在市人大、市政协的有力监督、支持下，坚持以和谐稳定为己任，及时组织民警深入开展调查研究，积极探索城区犬类管理对策，并先后多次开展犬类管理专项整治行动，取得了可喜的成效。城区犬患泛滥和狂犬伤人的势头一度得到有效遏制。

然而，2004年7月，《中华人民共和国行政许可法》正式颁布实施。赣州市政府颁发的《关于加强赣州城区犬类管理暂行办法》因此废止。城区犬类管理一时陷入了"无法可依"的境地。于是乎，赣州城区犬患问题迅速反弹。犬类扰民、伤人的事件又连连发生。城区居民一度失去了安全感。许多市民"谈犬色变"，怨声迭起。今年3月，赣州市政协二届三次会议上，政协委员们又纷纷向大会提交提案，强烈呼吁重拳根治犬患，保障市民健康和生命安全。

规范城区养犬，根治犬患，再次成为政协委员关注的热点！

——求谏问策，公安机关知难而进

2006年3月，政协委员关于整治城区犬患的提案摆在了赣州市委常委、市公安局局长殷金水的办公桌上。殷金水对委员的提案高度重视，迅速主持召开了局长办公会，专门研究犬类提案办理工作，将此类提案列为重点提案。殷金水局长强调指出："城区犬患，危及广大市民的健康和生命安全，危及城市公共秩序和市容环境，危及和谐社会的构建。整治犬患，刻不容缓，公安机关责无旁贷！"

针对当前赣州城区犬类管理"无法可依"，捕杀无主犬、违章犬往往使公安机关陷入尴尬这一情况，赣州市公安局经过反复研究，决定按照省政府新修订颁布的《江西省犬类管理办法》的有关规定，在赣州城区开展一次犬类管理集中整治行动，并专门成立整治行动领导小组，坚决遏制犬患上升势头。

加强城区犬类管理是一项系统性、综合性工程，需要城管、卫生等多个部门密切配合，齐抓共管。2006年4月18日，市公安局邀请市政协提案委、城管局、农业局、卫生局，以及章贡区人民政府等有关单位人员，就犬类管理问题进行座谈讨论，广泛征求各方意见、建议，共同探索城区犬类管理对策。

由于当前市民所养之犬，名贵犬越来越多，整治犬患绝非易事。如不采取慎重稳妥的方式，势必损害犬主的情感和利益，引起群众的不满，引发新的社会矛盾，从而影响和谐社会的构建。

为确保城区犬类管理工作顺利有效进行，赣州市公安局认真分析了最近几年该局在整治城区犬患中的成败得失，同时广泛借鉴北京、上海、广州等城市犬类管理的先进经验后，决定摒弃过去那种单纯"堵"的做法，而采取"堵"和"疏"并举的方法，依法依规依情整治，以取得广大市民的理解、支持和配合，有效遏制城区犬患泛滥势头。

——双管齐下，人民群众拍手称快

赣州市公安局在广泛深入调研和论证的基础上，制定出台了《赣州市公安局关于开展城区犬类集中整治行动的方案》，对整治工作进行了全面部署，并组织了专门整治队伍，疏堵结合，双管齐下，于5月上旬开始对城区犬患进行集中整治。

疏：加大宣传，广泛发动。该局通过电视、广播、报纸、互联网、手机短信等媒体和手段对广大市民进行依法养犬、文明养犬宣传教育，在城区张贴《关于加强城区犬类管理通告》一千五百余份，向市民发放宣传单一万余份。城区派出所民警纷纷深入社区居民家中，调查摸底养犬情况，并向养犬居民宣传依法养犬的重要性和违规养犬的严重危害性，动员他们自觉投入城区犬类整治活动中。该局还组织宣传车在城区主要街道进行声势浩大的宣传发动。同时，该局依据《江西省犬类管理办法》，与物价部门协商重新核定城区居民养犬办证收费标准，与卫生防疫部门协商犬类防疫事宜。

为方便城区犬主给犬注射狂犬疫苗，从源头上防止狂犬病传染，该局挤出资金三万余元购买了狂犬疫苗，对城区犬类实行免费注射。

堵：在宣传疏导的基础上，该局针对一些犬主对公安机关整治犬患行动持观望态度，迟迟不办理"犬类准养证"的情况，按照既定方案，下猛药，医顽症；出重拳，治犬患。抽调特警支队、巡警支队、派出所业务能手组成三支专业队伍，严格训练，对城区无主犬、疯犬实行集中捕杀。8月10日清晨，统一行动正式开始，三支专业队伍巡查在街头巷尾、花园景区，对无主犬、流浪犬进行捕杀。广大市民拍手称快，纷纷举报有关线索。

——常抓不懈，犬类管理任重道远

天道酬勤，功不唐捐。经过几个月的努力，赣州城区犬患整治取得了显著成效。统一行动十天时间，共捕杀无主犬、疯犬共计三百二十七条。城区无主犬、疯犬明显减少，犬类扰民、伤人事件大幅度下降，市民的安全感明显增强。广大市民对整治工作赞不绝口。然而，赣州市公安局的领导心里十分清楚，城区犬患整治不可能毕其功于一役，犬类管理依然任重而道远，要切实防止犬乱成患，使犬类管理走上规范化轨道，必须长期抓、抓长期！

为深入推进城区犬类管理工作，确保赣州城区犬患不再反弹，该局及时召开会议，研究部署下一步工作，再次邀请人大代表、政协委员座谈，听取他们的意见和建议。同时，组织民警深入社区调查了解民意。在此基础上将城区犬类管理纳入日常公安工作，在抓制度、规范管理上狠下功夫。他们一手抓宣传教育，积极引导广大市民依法、规范、文明养犬，着力提高广大市民依法文明养犬自觉意识；一手抓常规整治，由巡警支队将捕杀无主犬、疯犬和日常巡逻相结合，对街头路面的流浪犬随时捕杀。据统计，截至9月30日，赣州城区共捕杀无主犬、疯犬六百七十五条。

近日，笔者在早晨和傍晚两个主要时段对赣州城区犬类情况进行了一番观察，已很少看到流浪街头的无主犬。

此文发表于《赣州政协》杂志2006年第3期、2006年12月22日《光华时报》(有删减)

走近天红

有道是：好书宜常读。读之愈深，则见之愈奇，得之亦愈丰。书犹如此，人亦固然！

天红名叫廖天红。初闻其名，是在一次工作会上，与会者盛赞其是个不可多得的人才。于是，天红之名，遂记于心。此后不久，我办公室来了位"不速之客"——个不高，形瘦弱，清俊的脸庞上架副眼镜，面带微笑，甚是斯文谦和。他开口便自我介绍："我是廖天红，刚从龙南县公安局借调到市局指挥中心，请多关照！"见天红，我甚感诧异。提曹操，曹操现。我便和他聊开去，欲探其究竟是何等人才！

早听说天红在信息研判方面十分了得，频频被外省公安甚至公安部邀请讲学，反响甚好。广东警方还欲重金调用呢。于是我揣摩思量：天红定是某名牌大学计算机专业毕业生，抑或是中国人民公安大学的高才生。然天红的介绍彻底"摧毁"了我的论断：他1995年毕业于广州有色金属工业学校，是典型的小中专生一个。"小中专生"如何最终成为信息研判"大专家"呢？我追问。天红答曰："无他，兴趣而已。"

好一个"兴趣而已"！天红说，他原本一点儿也不懂电脑。进入公安系统后，组织上考虑到他身体瘦弱，特意安排他到刑侦大队从事刑事技术和情报信息工作。他曾茫然：自己是个电脑盲、门外汉，怎么开展信息工作呀？但他有个信念：既然组织上安排了这份工作，就一定要把它干好！于是他整天"泡"在电脑前，千方百计"钻"进去。天道酬勤。他很快有了战绩：通过数据比对，他一下子就找出了两名浙江的杀人逃犯。电脑的强大威力，让天红对它产生了极大的兴趣，并从此一发不可收。经过几年的打磨，渐渐地，他在全国公安情报信息领域中崭露头角，声名鹊起。许多同行无论打电话，还是QQ聊天，都会情不自禁地尊他为"廖天师"！

因为兴趣，天红对事业和职业有了独到的见解。他说，所谓事业，就是今天上班，明天还想上班；而职业，则是今天上班，明天还要上班。工作与其被动，不如享受其中的乐趣。他每天工作时间都在十二个小时以上，十几年来，从未间断。

美国大作家马克·吐温说过："人的思想是了不起的，只要专注于某一项事业，就一定会做出使自己感到吃惊的成绩来。"天红把工作当乐趣，在他身上，透溢着一种执着和韧劲。这份专注使他在人生路上一路撷英，豪气十足：他先后荣立个人一、三等功各一次，获评全省十大刑事情报信息技能标兵、江西省公安厅网侦特聘专家、全国追逃先进个人、全国情报应用能手等称号，还被公安部选聘为网上作战专家宣讲团成员。

如果你以为天红只会电脑，只会信息研判，如此而已，那么你就大错特错。天红还是公安的一支笔呢。天红在刑警队当内勤时，发现队里的同志侦查破案个个是好汉，但个个"只做不说"，使得许多工作特色亮点，从未见诸报端。他暗暗发誓，一定要把这些工作亮点变成铅字，大力宣传刑警风采。从未写过文章的他，工作之余便看报、剪报、磨笔尖，先是摸着石头过河，依葫芦画瓢，后来终于有"豆腐块"亮相，再后来便频频见报，且"块头"越来越大。《人民日报》《人民公安报》《江西日报》等报纸，以及公安部、省厅刊物均发表了他的大量文章，或侦破通讯，或经验文章，或人生随笔。在刑侦内勤工作的几年中，他独自一人编发简报多达400余期。一个写作"门外汉"，竟成为创作的"多产者"。

"其实，做任何事情，兴趣加信心，就会有成就。"天红坦言。

天红不仅会研判、会写，而且还很能说。我邀请他为局机关公文写作大讲堂讲课，他欣然允诺。讲堂上，他口若悬河，侃侃而谈，且妙趣横生，令我这个从事十余年教师工作的"教授"也为之赧颜，钦叹不已！

是啊！走近天红，你会发现他就是一本书，一本很值得一读的好书。读懂天红，你会在任何时候快乐工作，充满乐趣；读懂天红，你会坚信，只要有兴趣和信心，"小中专"同样可以成为"大天师"，"门外汉"同样可以变成"大专家"；读懂天红，你会深深悟得：只要勇于追求和探索，一个普通的灵魂也能走得很远很远……

我们期待，天空那一片红，越来越绚丽灿烂！

此文发表于《江西公安》杂志2013年第5期

心若在，梦就在

陆放翁有诗云："山重水复疑无路，柳暗花明又一村。"一件小事，让我悟得个中原理！

记得今年夏天的一天，清晨起来，锻炼过后，我洗漱装束完毕，准备上班，蓦地发现眼镜不知放哪儿了。四处急找，书房、床头、床底、卫生间、被褥里……凡坐过、卧过或有可能藏住眼镜的地方都找了个遍，一遍、两遍、三遍，十分钟、半小时、一小时，终无所获，最后只好眯着眼睛开车上班去。中午回家，仍心有不甘，接着再找，甚至不惜发动妻子一块儿找，折腾半天，依然未果。妻子劝慰："别再找了，你越急着找往往越找不着。或许不经意中，它又会自然跳到你眼前！"

我大惑不解，明明眼镜就在家，咋愣就找不着？！我倍感无奈，懊丧地躺在沙发上。猛然一想，莫非夹在睡衣中？我立马翻身，手刚碰到挂在床头的睡衣，"啪"的一声，藏在睡衣里的眼镜竟然掉在地上。我欣喜若狂，如获至宝，不禁与妻子默然对视，继而便开怀大笑！

其实，在我们生活中，像这样的情形时常会遇到。当你做某一件事、处理某一问题，或者苦苦追寻某一理想目标时，难免会一时陷入一种困惑、一种困境，让你彷徨，让你迷茫，甚至让你沉沦。而如果你坦然一些、淡定一些，摆一摆、放一放，经意中杂些许不经意，或许就能如陶渊明笔下所述"初极狭，才通人。复行数十步，豁然开朗"，或如辛弃疾所言"众里寻他千百度。蓦然回首，那人却在，灯火阑珊处"！

一次和朋友聊天，他跟我讲述了一个真实的故事。他的侄子在某县公安机关基层所队担任副职。由于工作非常出色，他获得了一系列的荣誉，曾得到部、省领导的亲切接见。按理说，他应该很知足了，也应倍感荣幸。然而有一天，他的侄子专程来到他的办公室。叙聊中，他的侄子总是郁闷不乐，间或叹气。问及原因，侄子道出了原委："获得荣誉成为名人之后，我一方面深感工作压力更大了，另一方面流言蜚语也多了。朋友不解：'你得了那么多荣誉，怎么这么多年不见挪"窝"升迁？'部下不解：'像你这么优秀的领导都没有政治进步，我们在你手下再怎么干也没得出息。'旁人不解，见一次就问一次：'怎么还没高升呀？'"他的侄子这番话，似乎十分在理。但荣誉面前竟如此懊丧，我那朋友说真担心侄子会因此迷失方向。于是朋友劝解道："组织给你荣誉，证明你的过去是辉煌的；成了名人，有工作压力也是正常的，而且是必要的。关键是在众人面前如何正确对待荣誉。众口可铄金啊！如果把握不好，你将愧对组织、愧对荣誉。身边的人怎么看、怎么说，自然有他们的看法和道理，但你万不可'活'在别人的观念之中，以他人的坐标为坐标，必须相信自己，有自己的主见。有位哲人说得好：当你走下领奖台的时候，最重要的是思考如何能再次走上领奖台！有了荣誉，成了名人，你应该以此为动力，更加勤勉努力工作，深怀感恩之心去回报组织、回报社会才是，而万不能为流言蜚语所左右，更不应居功自傲，因一时未能得到组织的提拔而怨天尤人，甚至自暴自弃。倘若此，说明你政治上首先就不先进、不成熟。再者，越是在人生十字路口，你越要头脑冷静。组织没有考虑提拔你，或许正是在考验你……"

一番话，让佺子茅塞顿开，如释重负，欣然归往。之后，佺子打来电话，告诉朋友他已卸下思想包袱，一心扑在工作上，以一颗强烈的感恩之心做好本职工作。再之后，佺子又打来电话，报来好消息，说局党委提拔他担任所队长。

朋友的讲述颇含事理。世上大抵有两种人：一种是善于将绝望当希望，不急躁、不迷惘、不言弃，咬定青山，气定神闲，绝处逢生，终成正果的人；一种是茫然将希望变绝望，心意烦、心绪乱、心气高，得陇望蜀，不自量力，急功近利，自毁前程的人。朋友佺子的成功进步，固然是他努力进取的结果，但我以为，他叔叔的一番话，在关键时候起到了关键性的作用。如果当初他侄子真的被身边人的话所左右，一时糊涂，非但不感恩组织，相反心存怨绪，那么，他这面"先进模范"的旗帜或许早已褪色变质，甚至呼啦倒下。他就很可能"风光不再"，黯然失色。

　　生活就是这样，当你一时陷入迷茫绝望时，若你能把持自己，泰然处之，希望便会向你招手；反之，即便曙光在前，充满希望，都有可能误入歧途，化为失望，甚至沦为绝望，遗恨终生！

　　心平常，自非凡。信矣！

　　此文发表于《江西公安》杂志2013年第12期、《赣南警察》杂志2014年第12期

生命的鼓点

在我的书橱里，有一本已经发黄的笔记本。其扉页上工工整整地写着两行字："凡是撞击过我心灵、击响我生命鼓点的语言，都是我最喜爱的名言警句！"

三十年前，我考入赣南师范学院。刚进大学时，一位校领导的讲话，令我至今记忆犹新。那位领导的口若悬河、妙语连珠深深地折服了我。尤其是他不时迸发出的名言警句，令我感喟不已、激动不已。从那时起，我对名言警句便格外感兴趣，处处留心。每有所获，便欣喜若狂，遂记录于本、吟诵于口、咀嚼于心。

十年磨一剑，卅载铸一程！三十年来，我积累名言警句从未息肩。聚沙成塔！如今除了这本发黄的"原始簿"外，我家中和办公室还有好几本"名言警句"记录本。如若统计，大抵不下五六千条吧，且分古语、伟人语、谚语及外国名言警句等门类。在我看来，这都是我生命中十分宝贵的东西。喜爱名言警句，不啻缘于它的文辞洗练、寓意深厚，更在于它始终击响我生命的鼓点，激励我、鞭策我一步步向前迈进！

刚进大学时参加班上的一次书法比赛，一向被别人赞许书法不错的我，竟然榜上无名。我感到自责和愧疚。是啊，一名师范院校的学生，连一手字都写不好，何其耻辱！"胜固欣然，败亦可喜！"颁奖会上，辅导员老师的这句名言让我刻骨铭心。从此我更加发奋刻苦，砚边勤耕，临池不辍，寒来暑往，几近痴迷。天道酬勤，我不仅在学院比赛中连连夺魁，而且在全省、全国书法大赛中也频频获奖。"贵有恒，何必三更眠五更起；最无益，只怕一日曝十日寒。"毛泽东同志曾用来自勉的对联让我至今钟情书法，志气不减，书艺更上层楼。

人生不如意常八九。大学三年，我学业成绩优异，还被评为学院优秀学生会干部、"第二课堂能手"。毕业时，我原本以为完全可以分到城里工作，殊不知被"下放"到一所乡村中学任教。理想与现实的落差让我一度苦闷不已，感到从未有过的迷茫和彷徨，仿佛自己是大海的一叶扁舟。是名言警句"阻碍你进步与成功的最大敌人不是别人，正是自己"，"你无论做什么事，内心绝不能承认有失败的可能性"，使我精神振作，直面人生。于是，我坚持以一颗强烈的进取心对待工作和生活，勤勉敬业、矢志追求，不论遇到任何困难挫折都不颓废、不言苦、不自弃。终于，我从一名普通的乡村中学教师，蜕变为县城重点中学骨干教师,继而又荣调大学母校任教,再后来参加公务员考试,成为一名光荣的人民警察。

事须渐修,道可顿悟!人生之路不可能平坦,只有不停地学习、思考、修正,锲而不舍,才能走稳你的每一步,才能助你走向成功。当你成功或失意之时,你品味一下中山大学教授朱熹平的人生格言"把失败看成常态,把成功当作偶然",你便会心若止水、淡定自若;当你追名逐利、内心浮躁时,你诵一诵邓小平同志的"不注意学习,忙于事务,思想就容易庸俗化。如果说变质,那么思想的庸俗化就是一个危险的起点",你就一定会幡然醒悟,重新找回人生的方向;当你工作缺乏激情和韧劲时,美国著名作家爱默生的"有史以来,没有任何一件伟大的事业不是因为热忱而成功的",就会让你努力、努力、再努力;当你工作深感任务重、压力大,难堪重负,想跳槽以求安逸时,请记住"人不可能苦一辈子,但总会苦一阵子。许多人为了逃避这一阵子,却苦了一辈子";当你为自己学历低而自卑,或为自己怀才不遇而怨愤时,爱因斯坦的"优秀的性格与钢铁般的意志,比博学和智慧更重要",会让你悟出真谛……

"谁让我们倾倒,谁就是神圣的;谁把我们举起来,谁就是伟大的;谁使我们冥思苦想,谁就是深刻的!"

多积累名言警句吧,它会让你雅致,让你智慧,让你成熟;

它会教你懂得生活，勤奋工作，理性处世；它会催你奋进，引你深思，助你成功……总之，它能时刻击响你生命的鼓点！

此文发表于《赣南警察》2014年第11期

文秘·心桥

看似幽闭的"文秘"岗位，其实曲径通幽，往往能直通人们的心灵。

五年前的一天，我在办公室接待了从县里来的一对姐弟。他们来找局长信访，反映当地公安办案不公，偏袒案件另一方，以致双方大打出手，弄得他们有家不能回……他们一边说，一边哭得像泪人。我边听边看他们提交的厚厚的信访件，并给该县公安局分管领导打电话，希望核实情况，抓紧督办。随后我安慰姐弟俩，要他们安心回去，问题会得到解决。他们泪眼相对，将信将疑地离开。数日后，姐弟俩打来电话，千恩万谢，说真没想到问题这么快就解决了。当时，我总以为，我只是做了我本应该做的一件小事，可谁料五六年过去了，每逢节日，我总会收到他们发来的问候短信或打来的问候电话，感恩之情溢于言表。至今，我们仍常有微信联系，情同家人！

在常人眼里，办公文秘就是爬格子、写材料，案牍劳形，如斯而已，根本没有同老百姓打交道的机会，更谈不上为老百姓服务、为民排忧解难了。其实不然。去年八月，我收到一名群众寄给局长的信件，反映其欲将户口从甲县某镇迁到其母改嫁的乙县某镇。乙县某镇派出所民警要其先去甲县某镇镇政府开具证明，而镇政府以其不符合迁移条件为由，不予开证明。他又回到派出所，咬定派出所有意给他出难题。信中，他大骂派出所刁难群众，并扬言如再不给办理，就准备与派出所同归于尽，云云。我虽知这确非派出所之过错，也不在我的工作职责之列，但我还是立马和局户政处的负责人反映情况，沟通商议。之后，我拨通了该信访群众的电话。电话刚接通，我一表明身份，对方便一阵"暴风骤雨"，气愤至极。我先是耐心听他发泄，然后就为什么需要镇政府证明、为什么镇政府不愿出具证明、公安机关有何规定等，一五一十给他解释，并具体告知他下一步该怎么做。末了，我为派出所民警解释不到位向他道歉，请他予以理解。一番话后，电话那头马上由"阴"转"晴"，对我连声道谢，大赞公安。几天后，我接到他打来的电话，告知按照我讲的办法，他已顺利完成了户口迁移手续，随后又是一通感谢的话。

是啊，我们虽处机关办公室，但有时一个电话，举手之劳，便能消弭他们的心头之怨、之怒，解决老百姓之困、之急，不亦快且慰哉？为百姓服务，又岂在惊天动地、惊心动魄呢？！

办公室每年都要办理人大代表议案和政协提案。这是一项常规工作。而这些议案和提案，不仅仅是代表和委员的心声、人民群众的呼声，更是对公安工作和队伍建设的忠言良策，可谓是"送上门的点子"。多年来，我十分珍惜办理机会，把办理每一件议案、提案，当作是和人民群众的一次深情对话。研读议案与提案内容、登门征询意见、实地调研论证……每一个环节都一丝不苟。于是乎，一个个曾让百姓怨言、公安棘手的问题均迎刃而解。给我印象最深的是，几年前办理的关于整治中心城区犬患问题的集体提案。这是一个既涉及百姓生活安宁和生命安全的问题，又是一个关涉城市文明、社会公德的大众课题，同时也关系到每一位养犬人的切身利益和心灵感受。办理中，我会同承办单位与提案人一起商议、讨论，并听取相关职能部门的意见、建议，同时走上街头，广泛征询市民意愿，最终形成解决方案。随后，局里组织专门力量，会同有关部门，对犬患问题进行综合治理。仅仅两三个月，城区犬患问题便得到有效解决，百姓拍手称快。提案人在反馈意见表中赞言："市公安局对此提案高度重视，广询民意，综合施策，使犬患问题得到了妥善解决，可嘉！"观此评语，作为参与者，我深感慰藉。

"衙斋卧听萧萧竹，疑是民间疾苦声。些小吾曹州县吏，一枝一叶总关情。"板桥先生的诗，不正道出了我们办公文秘人员的心声？我等虽非县吏，但能在平凡的岗位上为民办实事、解难事，亦为快事！

此文发表于《江西公安》杂志2017年第9期

绿萝

　　我的办公室栽有一盆绿萝。说是"栽"，其实是"抱养"的。两年前的八月，我到新岗位履职，办公室也随之搬迁。在与本部门同志一起整理内务时，发现仓库有一盆绿萝。由于仓库既少阳光又闷热，加之久无人问津，它已"奄奄一息"，除了上方还有几片耷拉着脑袋且满是灰尘的大叶子外，主干已光秃无叶。

　　这明显是被"遗弃"的。我不禁心生怜悯，于是将它连盆搬出，为之擦拭叶上灰尘和盆上污垢。几位同事见状，惊问："主任，这您还要？还能养活吗？"我未作声，打理干净，剪去枯叶，让同事帮忙搬到我的办公室。一位同事看到这盆绿萝与我雅致的办公室很不相称，便说："主任，我建议还是不要它为好，影响您的办公环境！"我仍不作声，只笑笑！

　　当时正值夏天，天气热，我隔三岔五给绿萝浇水，每隔半个月还为它仅有的几片叶子"洗脸擦身"。几个月下来，尽管我悉心呵护，但绿萝一点儿动静也没有，未曾发一点嫩芽。同事见状，又来泼冷水："费神也没用，已无法恢复元气了，赶紧扔了吧！"我未允。因为我坚信，只要它的绿色还在，哪怕几片叶，也一定能"死草生华风"！

许是我的努力感动了上苍，或是我的爱心激活了绿萝的心房，冬天过后，春天来到，绿萝终于发嫩芽了，且原本耷拉着脑袋的大叶子也片片向上，苍绿欲滴。我大喜过望。虽然我养过不少花，但为一株花生发嫩芽而兴奋不已的，这还是头一次，就为它的"涅槃"！

有了新芽，绿萝便趁势生长，一发不可收。不出一个月，顶端便抽出几根新蔓，嫩绿而壮实，且长势甚快，"扑扑"向上延伸。同事们看了惊诧不已，也欣喜不已。每生长一段，我便用胶带将其固定在墙上，并尽可能为其寻找附着物。如今一年多下来，绿萝不仅周身长满了新叶，蓬勃可人，而且向上生长的蔓条也呈左右之势缓缓伸展，给我的办公室增添了无限的生机！芳林新叶催陈叶，流水前波让后波。尤其令我惊喜的是，这株绿萝满身绿叶，两年来竟无一片黄叶。同事们好不羡慕地说："原来绿萝也懂得感恩啊！"

看着葱葱郁郁且不断生长的绿萝，我的内心充满慰藉和兴奋，既为当初我的"收留"之举而快意，也为如今绿萝无忧自在地生长而高兴。每当案牍劳形之时，我总会立起身，凑近它，

作者办公室绿萝实景图

品鉴它的一身绿色；每有片刻闲吟闲咏之时，我总会仰望绿萝充满生机的蔓条，感受着自己的"慈悲之举"带来的收获，内心总有一份满满的喜悦！

看绿萝、赏绿萝，久而久之，我发现绿萝有两个特性：一个是它全身长满小根尖，紧紧黏着墙，努力使蔓条向上爬（尽管这根本无济于事。因为墙异常坚实，必须靠我的胶带纸它才能贴在墙上）。另一个是蔓条如果下垂，则越长越细；平爬则粗细一样；只有向上长时，才越长越粗壮，且活力十足。物我相知，面对绿萝，我似乎明白了许多许多……

如今，这株绿萝已是我办公室最美的风景。每当有人来访，都不禁要赞夸一番。知晓原委的同事更是要问："主任，你养花有啥诀窍啊？咋一株将死的绿萝养得那么好?!"吾笑之答之："把花当老婆看，把花当老婆养，如是而已。"于是，我们一起开怀大笑！

此文发表于《江西公安》杂志2019年第6期

早成与晚达

明代小说家冯梦龙曾言："（人）有早成，也有晚达。早成者未必有成，晚达者未必不达。"我于书法，既可谓是"早成者"，也可称是"晚达者"。

1983年，十七岁的我考入赣南师范学院中文系学习。一件偶然的事将我"逼"上了书法之路。刚入学不久，我参加班上的书法比赛，却名落孙山。好强的我感到羞愧不已："一个师范院校的学生、未来的人民教师，一手字都写不好，怎么去面对未来？"于是，我发誓一定要在书法道路上闯出个模样来！天道酬勤。一年后，参加江西省首届高等师范院校"青春杯"书法大赛时，我的毛笔隶书作品荣获二等奖，崭露头角。随后，全国钢笔书法热潮逐渐兴起，于是我又频频参加全国钢笔书法竞赛，且屡投屡获奖，箭无虚发，一时成为一方"名人"。随后便钢笔、毛笔书法同发力，"软硬兼施"，乐此不疲。1995年，我的毛笔小楷作品成功入选第三届中国书坛新人新作展，成为我市第三位入国展的书法人。而那一年，我年方二八。在当初，我完完全全称得上是个书法"早成者"！

然而，我的书法道路也并非一帆风顺。1996年冬，我参加全市首次公务员考试，天遂人愿，由一名大学书法教师转轨加入人民警察队伍。也正是因为这一次人生转型，使我由一名纯粹的书法"正规军"，变成了书法的"散兵游勇"，专业变成了副业。此后很多年，我虽偶有作品参加国家级书法大赛，但始终未能入"国展门"。直至2016年，时隔整整二十一年后，我才"重振雄风"。那年11月、12月和次年1月，我的楷书、行书作品连获第八届中国书坛新人新作展、全国第二届楷书展、第二届"沙孟海杯"全国书法篆刻作品展，可谓"连中三元"。今年8月，又成功入选全国第十二届书法篆刻展览。由是观之，我又算是个活脱脱的书法"晚达者"！

经历了"早成"与"晚达"，在书法的道路上，我似乎明白了许多。我深深感悟到，书法学习首先必须有目标。世界成功学大师拿破仑·希尔在《成功学全书》中，将人生成功归纳为十七条定律，而开篇第一条便是"目标明确"，并一针见血地指出："没有空气，谁都不能够存活；没有目标，谁都不能够成功！"当年参加大学班上书法比赛失利后，我就发誓一定要练好书法。正是那一次的人生定念，使我几十年来无论在何时何地何岗位，面对何种困难困惑，我都"咬定青山不放松"，对书法

作者在长沙

孜孜以求，矢志不渝，这才有了今天的些许成绩。

其次，书法学习必须有定力。众人皆知，前进的道路上，总会有坎坎坷坷、跌跌撞撞，但真正能"直面惨淡人生"的才是英雄。从首次入国展到再次入国展，我整整沉寂了二十一年。二十一年间，我经历了满足—迷惘—躁闷的心理历程。尤其是前五六年，为了入国展，我暗暗使劲发力，砚边勤耕不辍，连连投稿又连连石沉大海。于是，有人嘲我"屡战屡败"，有人讥我"癞蛤蟆想吃天鹅肉"。说心里话，那时如果没有理想定力，我可能已被击垮。然而，事实最终应验"只要你不服输，你就不会输"。

再次，书法学习必须走正道。书圣王羲之在《书论》中指出："夫书者，玄妙之伎也，若非通人志士，学无及之。"无数事实告诉我们，书法仅靠满腔热忱、埋头苦练，是远远不够的，必须有名师指导，走正道，根植于传统，并"在正确的方向上下功夫，在正确的方法上下功夫"，才能修成正果、脱颖而出；否则，只能望洋兴叹，甚至南辕北辙。有道是："书法自学，等于慢性自杀。"正是此理！

最后，我还以为，书法学习必须有静气。古人云："每临大事有静气，不信今时无古贤。"毋庸讳言，当今书法可谓"繁花锦簇"、风生水起，江山代有才人出。然而，也正是在这种气候下，我们不难发现，浩浩书法大军中，又有多少人急功近利、心浮气躁，恨不得一夜便能闯入中国书协殿堂，成名成家。于是，加入中国书协似乎成了绝大多数学书者的"终极目标"。入之者，则欢呼雀跃、喜不自胜；失之者，则捶胸顿足、痛不欲生。更有一些年轻人（甚至在校学子），一旦加入中国书协后，便飘飘然，俨然自己是"书法大家"，热衷于以书法谋名图利，而完全不记得当初自己为什么出发，也完全不懂得书法之巅峰是何等之迥远高峻，正可谓"正入万山圈子里，一山放过一山拦"！因此，每位学书者都必须明白，任何时候都要做到"心若止水、气定神闲"，胜不骄、败不馁！

书法如此，工作和生活又何尝不是如此呢？虽然我如今看似"晚达"了，其实我心里十分清楚，这仅仅是万里长征第一步。"路漫漫其修远兮，吾将上下而求索。"无论你是"早成者"，还是"晚达者"，都应铭记：艺无止境，书法学习永远在路上，无所谓"早成"和"晚达"！

此文发表于《江西公安》杂志2020年第2期

"文化"妈妈

我的妈妈没上过学,斗大的字不识一箩筐,是个地道的农村妇女。

从小到大,在我们兄弟姐妹眼中,爸爸是知识分子,有文化,曾在公社当过文书,被大家称作"黄文书"。而妈妈不识字,没文化,只会干活。妈妈属牛,特能干,从清晨到深夜,总是不停地干活。爸爸也常常对我们说:"我们这个家呀,全靠你妈妈勤劳能干!"

然而八年前爸爸的去世,让我彻底改变了对妈妈的看法。妈妈不仅很勤劳、能吃苦,而且有"文化"、通情理。妈妈和爸爸感情忒好。近二十多年来,爸妈先后在我家、哥哥家生活。无论是买菜散步,还是走亲访友,二老都形影不离,"公不离婆,秤不离砣"。爸爸去世后,妈妈特别悲伤和消沉,尤其感到孤独和寂寞。因此,为解妈妈孤寂之苦,不管工作多忙,我总要隔三岔五去哥哥家,陪妈妈聊天,听她讲从前的故事。也正是因为和妈妈聊天，我才渐渐发觉妈妈很有"文化"。每次和妈妈聊谈，她嘴里总会不时冒出三两句"名言警句"。起初我很惊讶，后来听多了便越来越激动。于是我多了一个心眼，陪妈妈聊天时，妈妈一旦说出"名言"，我立即用手机里的"记事本"将它记录下来。不出半年，竟然积累了近百条。

妈妈的这些"名言警句"并非来自圣贤书，都是些俗话俚语，诸如"砖就砖、瓦就瓦，真就真、假就假""十粒糯米九粒精，除了爷娘姐妹亲""檐前雨落水，点点照旧痕"等。这些话其实我们小时候也曾听妈妈说过，有的甚至常常听到，但那时并未在意，更未觉出其中的深厚含义。而现在再听妈妈讲，我才体味到这些话句句都沉甸甸的，颇具内涵，甚至哲理，很多还挺有教育和启迪作用。"檐前雨落水，点点照旧痕"，不就是告诉我们，对待父母长辈要有孝心，否则你的子孙后代也会像"檐前雨水"一样，跟着你不孝。这些"名言警句"，也让我深深地感到妈妈当年教儿育女的良苦用心！

妈妈的"文化"，不仅仅体现在她随口说的那么多"名言警句"中，而且还体现在她似乎有讲不完的"经典故事"中。这些故事源自哪里？据妈妈说，婚前主要得自老前辈之口，婚后基本上是听我爸爸讲述的。妈妈讲的"故事"都特别有意义，确实"经典"。比如她讲的猪笼的故事：从前一户人家很穷，他的母亲重病快要死了。有一天他把母亲装进猪笼，叫儿子一起

作者与母亲合影（2012年摄）

抬着，谎称"带奶奶去看病"。当走到一条小河中间时，他让儿子把猪笼放下来。儿子不解："这样奶奶不是会被淹死吗？"他对儿子说："家里穷，没钱给奶奶治病，也买不起棺材，无法掩埋奶奶，所以干脆让河水把奶奶和猪笼一起冲走。"儿子不肯，父亲执意。无奈之下，儿子提出一个要求："猪笼必须带回去。"父亲问："为什么？"儿子说："等你老了病了，我也好用这个猪笼把你抬到这里，让河水把你冲走。"父亲听后大恐，终于与儿子一起抬母亲去看病。小时候听妈妈讲这故事，觉得挺好笑的。现在听来，特感震撼！

　　清代张英"六尺巷"的故事，小时候也听妈妈讲过。现在几十年过去了，妈妈还讲，而且竟能用她那土洋结合的普通话将那首诗念得极准："千里修书只为墙，让他三尺又何妨。万里长城今犹在，不见当年秦始皇。"这让我惊讶不已。于是乎，每次陪妈妈聊天时，我总是随时准备手机录音，现场"截获"经典故事。现在手机上已收藏了不少故事，我视之如珍宝，准备日后好好地整理，也用来教育自己的后代。

爸爸妈妈养育了十个子女，供出了三个大学生。十个子女个个遵纪守法，且都很有孝心。现在我终于明白，之所以能如此，与妈妈那些"文化"教育密不可分！

前年夏季的一天，我和弟弟驾车带着妈妈和赣南师大的一位退休老教授，一起去这位教授的老家游玩散心。两个多小时的车程，老教授和妈妈一直在车上聊天。同样地，妈妈讲着她的往事，不时插带着"经典故事"，嘴里还蹦出些"名言警句"。那位老教授一次又一次睁大了眼睛。后来老教授实在憋不住了，便问我："你妈妈究竟读了多少书呀？怎么这么有文化啊？"我回答："我妈妈没读过书，不识字，没文化。"教授不信，我弟弟也坦言作证。老教授最后感叹道："在你妈妈面前，我真是自惭形秽啊，我才叫没文化呢！"

妈妈的"文化"，不仅滋养培育了我们，而且也彰显出了她贤良、持家、孝爱的美德。爸爸在世时曾给我们讲过，妈妈年轻时奶奶对她并不好，还经常刁难妈妈，甚至对妈妈动粗。但妈妈对奶奶一直很好。尤其是在奶奶晚年，妈妈对她孝爱有加，使得奶奶很感动，逢人便讲这个儿媳很有孝心。我问妈妈原委。妈妈说："你奶奶虽然没生我，但生了你爸爸。没有你爸爸，也就没有这个家。所以我只记你奶奶的好，不记她的孬。"是啊，妈妈虽然没有读过书，但很通事理，很讲孝道。她常常教导我们说："树要根好，人要心好"，"幸福是忍出来的"。现在我才真切地体会到，妈妈的至孝至爱，不正是根植于她内心深厚的"文化底蕴"吗？！

说来爸妈真的很不容易，在当年朝不"饱"夕，生活极其拮据困窘的状况下，抚育十个孩子长大，还供每一个孩子上学。尤其是在当年千军万马挤独木桥的高考年代里，接连培养出三个大学生，这在方圆十里是绝无仅有的，在我们村镇已传为佳话，同时也给旁人留下深深的疑惑：他们究竟有什么持家和育儿高招呀？"吃不穷，穿不穷，不会打算一世穷"，"勤俭富贵土，懒惰荒草坪"，妈妈的这些话中，已经道出了答案。妈妈正是凭着这番"文化"理念，笃定地忍受一切艰难困苦，勤俭持家，笃定地供孩子上学，让他们靠知识改变命运！

年轻的时候，妈妈用她的"文化"教我们做人读书；现在妈妈已经八十多岁了，但依然不时地用她的"文化"教育我们做事。去年四月的一天，我正在上班，突然妈妈来到我的办公室，还带了她自己种的蔬菜，让我受宠若惊，激动不已。妈妈怕影响我上班，只坐了一小会儿便要回去。当我送她到局大院时，特意问她是否知道大石头上刻的五个什么字。她说："是'为人民服务'哇！"接着还说："这是毛主席说的话，也是毛主席写的字。你要按毛主席说的话去做喔！"听妈妈这番话，我简直要泪奔，心灵再一次为妈妈所震撼！

　　妈妈没文化，斗大的字不识一箩筐，但妈妈很有"文化"，口吐珠玑，深谙事理。她的"文化"，涵养了她吃苦耐劳、贤良孝爱的美德；她的"文化"，铸就了她深明大义、通情达理的品格！

　　此文发表于《今朝》杂志2020年第2期、《江西公安》杂志2020年第3期、2020年5月6日《赣南日报》

说说先进典型的"保鲜"与"保质"

习近平总书记强调指出:"公安队伍是一支有着光荣传统和优良作风的队伍,也是一支英雄辈出、正气浩然的队伍。"长期以来,公安队伍在维护稳定、打击犯罪、服务人民时涌现出了一批又一批先进典型,真可谓"江山代有才人出"!这些先进典型,有的默默无闻、一心为民,靠汗水和辛劳凝聚而成;有的刻苦钻研、励志创新,凭本领和业绩铸就而成;更有的顽强拼搏、不畏牺牲,用鲜血甚至是生命锻造而成。一个先进典型就是一面旗帜。正因为有了这些先进典型,公安队伍这棵参天大树才枝繁叶茂、花团锦簇,才赢得党和政府的信赖和满意,赢得人民群众的赞许和褒奖!

毋庸讳言,有一种现象值得我们忧虑和深思:由于某些因素的影响,有的先进典型逐渐褪去了色泽,风光不再,令人叹惋不已;有的先进典型偏离正道,非但黯淡失色,而且完全蜕化变质,甚至"轰然倒下",沦为阶下囚,令人扼腕痛惜!

近年来，笔者曾有许多机会与先进典型接触交流，常有先进典型见面便"大吐苦水"，或感叹自己当上先进典型后精神压力大，内心惶恐；或感慨自己当了"一时"的典型而啼笑皆非；抑或因迟迟得不到组织的提拔重用而牢骚满腹、愤愤不平……由是观之，如何使先进典型长期"保鲜"不褪色，如何使之永远"保质"不变味，是摆在各级公安机关和领导面前的一个十分迫切而严肃的课题！

先进典型何以"保鲜"与"保质"呢？笔者认为，应从组织和个人两方面共同发力。

就组织而言，应扎实做好"三个跟踪"。一要做好"跟踪培养"。选树一个先进典型，犹如新植一棵树苗，欲使之成活并茁壮成长，需细心地、持续地呵护，而不应只顾"栽"不顾"育"，搞一阵风，否则很容易"夭折"。正所谓"栽培剪伐须勤力，花易凋零草易生"。事实证明，凡能注意跟踪培养的先进典型，不仅不会褪色，反而能始终光彩夺目、激励后人。邱娥国就是有力的实证。二要做好"跟踪教育"。先进典型固然有比他人更出众的地方，但绝非各方面都堪称典范。一个人一旦成为先进典型后，受各方面因素的影响，思想上、心理上容易产生变化：鲜花和掌声容易使之自满骄傲、得意忘形；鼓励和鞭策容易使之压力倍增、如履薄冰；讥讽和刺激容易使之困惑迷茫，甚至痛苦自责；干部调整或者评先评优，更是容易让一些先进典型感到失落，生发抱怨……所有这一切，无不告诉我们，及时跟踪教育十分必要：得意忘形时，给之以警示；压力自责时，给之以疏导；困惑迷惘时，给之以激励；牢骚抱怨时，给之以劝导。总之，跟踪教育须臾不可或缺。三要做好"跟踪监督"。去年我省公安机关一位"栽倒"的先进典型在《忏悔书》中写道："当上先进后，看到他人买房换车，出手阔绰，心里又羡慕又妒忌。于是也开始攀比，抽好烟、喝好茶……，工作便开始不那么卖力了，开始发牢骚了……"可见先进典型比一般人心理上更容易失衡。这就要求我们有关单位和各级领导务必更加注重对先进典型的监督，及时跟进了解掌握他们的思想状态、工作状况及其"朋友圈""娱乐圈"等，做到"见微知著"，防患未然。只有这样，才能让先进典型们感觉到自己无时无刻不在组织的"关注"之中，从而自觉地规范自己的行为，调整自己的心态，践行自己的诺言。

就个人而言，先进典型要做到"保鲜"、不"变质"，必须始终保持"四颗心"：一要始终保持一颗"平常心"。先进典型应该保持更加清醒的头脑，做思想上的"明白人"，一如既往地、自觉地将自己看作公安队伍中的普通一员，万万不可自视高人一等、尊人三分。"心平常，自非凡。"只有始终保持一种平常心态，才能在任何时候都不会感到失落、失衡、失意，乃至失态。二要始终保持一颗"感恩心"。先进典型的所有荣誉和称号，都是因党组织的培养、同志们的关心帮助而获得的。要常怀感恩之心，感恩人民、感恩社会、感恩组织，时刻把人民、社会和组织的褒扬与评定作为自己前进的不懈动力，激励自己先进更先进，而绝不能将荣誉作为自满自负自傲的资本，更不能当作与组织"谈判"的筹码。三要始终保持一颗"敬畏心"。荣誉称号是十分珍贵的人生财富，得之甚幸，失之堪悲。荣誉面前，每一位先进典型在心存感恩的同时，更需要心怀敬畏，面对各种诱惑、刺激、考验，能做到"花繁柳密处分得清，风狂雨急时立得定"，时时谨言慎行，警钟长鸣，时刻告诫自己"奉献万分只是小善，骄纵一点便是大恶"，确保任何时候不偏离正道，始终保持英雄本色。四要始终保持一颗"进取心"。"物必先腐而后虫生。"先进典型要"保鲜"、不"变质"，就必须自觉加强自我学习、自我提高，始终保持昂扬向上的精神状态。通过学习进取，不断提升"明是非"的能力和"知敬畏"的自觉；通过学习进取，不断提高政治素养和思想境界，练就"金刚不坏"之体。

愿各级组织和领导给先进典型多一份关心、关注和关爱；愿每一位先进典型且行且珍惜，永远光鲜，永不变质；愿公安队伍英雄辈出、正气浩然！

此文发表于《江西公安》2020年第6期

厨庭趣味

一直以来，有个问题在我的脑海中萦绕：一个男人（专业厨师除外），尤其是作为公务员的男人，善厨庭之事，乐厨庭之事，喜耶？忧耶？

俗话说：穷人的孩子早当家。生于农村、长于农村的我，由于兄弟姐妹多，小时候的日子着实苦涩，用朝不"饱"夕来形容一点儿也不夸张。特别是自小得跟着大人一起做与自己年龄不相称的家务事和田间活，起早摸黑，挨饿受冻。稍长，则常常要下厨独立做饭，为父母"减负降压"。正是如此，我从小就练就了一手好"厨艺"！

能做一手好菜，固然多了一项生存的技能和本领，也伴随了一点儿讲究。大学毕业参加工作后，食堂打的饭菜往往满足不了自己长身体和"舌尖"上的需要。于是乎，便常常发挥"特长"，为自己开小灶，改善改善伙食。这让同龄的同事们好不羡慕，也常常到我居处"揩油"。有"脸皮厚"者则干脆直言不讳，提出要和我"搭伙"。由此，我在单位也就混得个好人缘。而让我最欣慰，或者说最骄傲的就是，我凭着这一手厨艺赢得了漂亮女友的欢心和认同，她说会做饭的男人靠得住，从而铁定心要嫁给我。记得当年女友每次来我住处，我以"一炉（电炉）一盆（不锈钢盆）"手脚麻利地炒上几个小菜，让她吃得美滋滋乐呵呵的，直冲我送"秋波"。后来她便成为我现在的妻子。我问她："你是干部子女，为什么会嫁给我这个农村出来的穷小子？"她说："还不是冲着你这一手厨艺。"听此言，那得意劲和自豪感便油然而生。有道是：要征服一个人，首先要征服他的胃。原话是"要征服一个男人"，事实证明，那格局小了点！

然而，后来一段时期，我对此深感困惑，甚至为自己乐于厨庭之事而懊恼自责，认为恋厨的男儿没出息。孟子有言："君子远庖厨。"可不，自己工作上不可谓不努力，然而前进的步伐却缓慢，真有"老牛拉破车"之感；自己的书法技艺提高也是举步维艰，加入中国书协的梦想迟迟未得实现。我反复思忖，两件大事之所以如此，皆因了自己喜好厨事，困于家务杂事。于是，我曾一度不入厨门，不衷厨事，心无旁骛地干自己的"大事"。但兴趣是很难压制的，一有机会，便又"重操旧业、我行我素"。所幸的是，后来我在工作和个人事业上取得了双丰收。于是又细想起来，自己成功与否与喜好厨庭之事似乎并无太大干系。

　　而真正解开我的思想疙瘩的，还是五年前我远赴河北唐山，参加一个全国书法高级培训班。执掌教学之一的是中国书法家网的创建人齐玉新先生。培训之余，与齐先生闲聊，无意中获知先生不仅书法了得，而且做家务也是"顶级高手"，家中事无巨细，全由他一人包揽。啧啧！赫赫有名的书法网CEO，竟是如此这般的"贤能"和典范，谁道男儿恋厨无出息？！正如齐先生所言："工作之余，做做家务事，调节大脑，锻炼身体，和谐家庭，一举多得，多有成就感啊。何乐而不为呢？"

　　是啊，厨庭之事，满是趣味。个中体会，我心独知。

　　远离食堂，自己想吃啥就精心着意地弄啥。桌菜既成，辄呼家人，斟上小酒，大快朵颐，其乐融融，真可谓"自厨自品自开怀，且喜无拘无碍"。此其趣味一也。

　　理却一日繁忙公务，驱车回到家中，系上围裙，戴上厨袖，打理肉蔬，细切慢炒，让紧张的大脑完全放松，或者索性打开音乐，豪歌劲曲处，夹杂锅碗瓢勺音，不自觉地随汪峰高歌"我想要怒放的生命……"，何等豪迈情怀啊。此其趣味二也。

　　周末时节，方欲入厨时，偶或呼儿帮忙打下手，细致地教儿如何洗菜、切菜、炒菜，口传秘籍。妻子也在一旁观摩助阵。一菜既成，妻便对儿言："此乃黄氏祖传厨艺，传男不传女也。"于是，全家开怀大笑。此其趣味三也。

择佳日，邀亲朋，不期于宾馆酒楼，但聚于家中寒舍。客喜之聚之，品茗啖果，畅叙幽怀。我则大厨模样忙碌于厨庭之间。三两时辰后，高朋满座，品酒论菜，觥筹交错，豪兴徜徉，其喜气洋洋者矣。此其趣味四也。

　　噫，厨庭之事，趣味如此之多，何疑之有？梁启超曾言，人要"生活于趣味之中"，信矣！

此文发表于《江西公安》杂志2020年第4期

"满碗"

在我的老家农村，有吃"满碗"的习俗。

"满碗"，顾名思义，就是满满一碗。它通常以黄元米粿（赣南的一种客家食品）为主，生活条件好的则用面条，上面添上少许鱼丝，再加上一两个鸡蛋（或炸或煮）或烧片肉。谁家有人外出读书、当兵或做手艺之类的，父母长辈常常会在他临行前给他煮个"满碗"，祈愿儿孙在外平安健康、进步顺利、如意发财。

我兄弟姐妹十个，不是今天这个哥哥出门去做手艺，就是明天那个弟弟妹妹背书包"破门"去上学念书，所以小时候我对"满碗"并不陌生。说心里话，在当年连饭都吃不饱的情况下，我对"满碗"还是十分渴望的。记得四哥七岁那年，9月1日一大早，妈妈煮了一个"满碗"，端到他面前说："儿子，今天是你'破门'上学的日子，吃了这个'满碗'，希望你好好学习，将来考一百分。"望着哥哥狼吞虎咽的样子，我羡慕极了，口水一股脑地往肚里咽，心想：再过两年我也七岁了，也要"破门"上学去。到那时候，我也能够名正言顺地吃上"满碗"了。从那以后，我是掰着手指头过日子，每天盼望着自己快快长大。

也许是受当时异常艰苦窘迫生活的影响，我的父母特别看重念书，希望孩子们能用知识改变命运；或者让孩子们学上一门手艺，以便将来有个谋生本领。记得每年一开春，大哥二哥要出门做手艺赚钱去，母亲总要煮上几个"满碗"，祈望儿子在外平安挣钱。学期开学时，母亲总要为每个上学的子女煮上"满碗"，重复着不知重复了多少遍的"好好学习、光宗耀祖"之类的勉励话。虽然年年如此，但我发现父母在煮"满碗"这事上，一点儿也不含糊，每次都是那么虔诚，那么认真，那么充满期盼。

1975年我上小学三年级那年的一天，一位城里的亲戚来我家做客，特意带来几斤面条。这是我记忆中第一次见到面条。父亲几次要求母亲煮给子女们吃，好好开个"荤"，但母亲一直没有这样做。直到9月1日开学那天，一大早我们起床便闻到了面香。不一会儿，母亲给我们每个人端上了一碗"满碗"。我们惊讶地发现，荷包蛋下面竟然是父亲念念不忘、我们垂涎已久的面条。到这时我们才恍然大悟，母亲用心何其良苦啊！

二十世纪八十年代，我家的生活条件在村里可以说是最差之一。青黄不接、寅吃卯粮、野菜充饥是常有的事。尽管如此，我的父母却坚持用"满碗"来勉励子女，并将这个习俗用到极致。每次煮"满碗"时，母亲总是很经心着意。比如给读书子女煮"满碗"，面上一定是两个煮鸡蛋，碗上架一双筷子，寓意读书考一百分；又比如儿子外出做手艺，她会在"满碗"的最上面放上两块红红的烧片肉，寓意出门在外红红火火挣大钱；等等。而父亲呢，也会和母亲一唱一和。当母亲的"满碗"快煮好时，他便将吃"满碗"的子女召到饭桌旁，语重心长地说一通鼓励鞭策之类的话，好让我们深深体味这"满碗"的来之不易。也正因为如此，我们打小开始，每次面对"满碗"，都会有一种沉甸甸的责任感，会从心里告诉自己：一定要好好学习，不辜负父母的期盼！

1981年，那年我十五岁，高中毕业未考上大学，父母想让我去当兵。记得公社兵检那天，母亲照例一大早为我煮了一个"满碗"。带着父母的希冀，我加入新兵应检的行列，无奈因个子太小被当场淘汰。回到家中，我万分沮丧，躺在床上直抹眼泪。母亲从地里干活回到家，见我这么早回来，觉得情况不妙，连斗笠也没有脱下，便满头大汗地走进我房间。见我流泪，她沉默片刻后对我说："没检上就算了，天无绝人之路，以后还有机会，别难过。"听完母亲这番话，我心里虽轻松了许多，但仍隐隐愧对母亲一大早为我煮的"满碗"，于是提出要去补习，要考大学。

从小到大，我不知道自己吃了多少回父母煮的"满碗"，更记不清父母为子女煮了多少个"满碗"。后来四哥、我和弟弟三人先后考上了大学。在那个"千军万马挤独木桥"的高考年代，农家一门三大学生，可谓远近闻名。我深知，这与父母的"满碗"密不可分！毕业后，我们陆续到了城里工作，并结婚生子。为了报答父母，我和妻子商量，将父母从乡下接到城里一起生活。又几年后，儿子要"破门"上小学了。仍然是9月1日，母亲一大早起来为孙子煮了一个"满碗"。我和妻子惊诧不已，感动得差点流出了眼泪。母亲却很寻常地对我说："以前每学期开学第一天，我都给你煮'满碗'。你争气考上了大学。今天孙子也上学了，我也为他煮'满碗'，希望他也考一百分，一代超一代啊！"父亲也在一旁笑呵呵的。是啊，真没想到自己吃着母亲的"满碗"长大，如今孙子也吃奶奶煮的"满碗"了！

如今母亲已经八十多岁了。每逢什么大好事，母亲总要提醒我们要给子女煮"满碗"，希望他们"大红旗道"（方言，即前途无量的意思）。今年母亲节那天，我们兄弟几个和晚辈们一起聚餐，陪妈妈（奶奶）共度节日。席间，母亲对着我儿子说："你要早点找对象啊，等到你结婚那一天，奶奶要亲手给你煮一个'满碗'。"儿子吃惊地看着奶奶，说："奶奶，我这么大了，还要吃'满碗'啊?"

于是,全桌大笑!

此文发表于《江西公安》杂志 2020 年第 8 期、《今朝》杂志 2021 年第 1 期

享受"逼迫"

生活中，我们难免会遭遇一些被"逼迫"的境况，或形势所迫，或工作生活所逼，或病痛所困，或为人所惑，如此等等。面对种种"逼迫"，有人痛苦万分，不能自拔；有人愁眉不展，哀叹怅惋；有人倍感无奈，顾影自怜……而我，可算是另类，面对"逼迫"，常常感到很享受！

记得小的时候，父母总是逼我们早早地起床，不起就打屁股或者掀被子，嘴上云云：天上掉金子也得早起呀。那时，我虽然有一百个不情愿，但勉强起来后，便和哥哥一起去割牛草或拾牛粪，然后到生产队集中点过秤、评工分，再回家"领赏"。这让我心里美滋滋的，特有成就感。

久习便成惯。长大后无论是读大学，还是参加工作，我都每天给自己定好闹钟，"逼"自己早起（但很少早睡）。清晨，闹铃一响，我"腾"地起床，一通锻炼后便开始看书、诵读或练书法，一两个小时下来，感觉做了很多，学了很多，自己的一天比别人的硬是"长了一截",因此特享受、特快慰,也为自己没有把大把时光"压在床板上"而心生几分自豪。几十年来,我"逼"自己早起的做法让我深味母亲从前唠叨的那句"早起三天当一日"的深厚内涵。

我现在所从事的工作,一年三百六十五天需排班值班,轮到值班,则必须二十四小时在岗在位。这也算是"工作所迫"吧。其实,这种情况在很多行业部门都存在。对此,有些人常常感叹被逼无奈,言语之间流露出烦躁,认为值班对他们是一种很大的心理负担,特别是双休日或节假日值班,更是苦不堪言,牢骚满腹。我则不以为然,觉得值班固然是工作所迫,但也不妨当成是生活的另一种享受。

工作日值班,白天工作还是工作,夜间则权当"换了一张床睡觉"。轮到双休日或节假日值班,没有平日里的繁杂、喧闹,没有为工作而左右奔波的忙碌,整个办公场所异常清静,将自己"关"进办公室,天地间仿佛仅我一人而已,无人干扰,无须中断,自己可以尽情地做自己最需做或最想做的事,且你想把工作做多精就可以做多精。有事做事,无事则读书,想学什么、学多少就可以学什么、学多少,你会觉得自己从来没有如此完整大块的时间安安静静地读书。于是乎,一天下来,我感觉心意恰恰、收获满满,别提有多惬意多充实,丝毫没有被"逼迫"之感。

今年年初，和一位朋友聊天。他向我讲述了前一段时间的经历和感受。因为一场突如其来的车祸，他的双腿受伤严重，在医院治疗一段时间后回家休养。医生反复叮嘱他必须卧在床上、宅在家中，不得随意走动。几个月下来，他说他简直"快要崩溃"了。

闻说朋友这种被"逼迫"，我不以为然。每天宅在家，虽说是一种"困"，但如何变"困"为乐，亦在自我。许是我长期从事文秘工作，练就了一番好"坐"功，我喜欢这种"逼迫"之"困"。待在家，"躲进书房成一统"，尽情地徜徉于书本和历代名碑佳翰之中，与古人对话，没有任何人打扰，也不需要考虑窗外的事，连最起码的人际交往和应酬也可统统"归零"了，何其乐也。如有大把时间，自己能看多少书，临多少帖，做多少读书笔记，甚至写多少文章，如此"逼迫"能说不是一种快乐和享受吗?！

有道是：成人不自在，自在不成人。一个人要成长、要成熟、要成功，不仅需要经受各种困难和挫折，同时也需要经历种种"逼迫"，甚至还要学会自己"逼"自己。记得刚参加工作不久，一位长者曾对我说过："你想比别人更优秀吗？'三个半小时'助你成功——上午早来半小时、中午晚睡半小时、下午迟走半小时。"三十多年来，我一直将其铭记在心并努力践行，无论在单位还是在家中，时时刻刻"逼"自己成长进步：领导或组织安排的任务，我从不找任何借口，立马就办、办就办好；起草文稿，精益求精，止于至善，从不敷衍塞责；工作之余，他人休息娱乐我学习，"莫向光阴惰寸功"；各种体力活主动做、抢着干，自谓"强身、健体、调节大脑，三不误"……由此，一路走来，我收获了喜悦，收获了荣誉，也收获了进步！

稻盛和夫曾说过："改变'思维方式'，人生将发生 180 度转变。"是啊，当你面对"逼迫"时，是享受，是痛苦，还是无奈，完全取决于你的生活态度、你的思维方式！

此文发表于《江西公安》杂志 2021 年第 1 期

小杆秤

前些日子清理家中杂物间时，在一个角柜里偶然发现一杆小杆秤。这杆秤秤杆不长且较细，秤星依然清晰可见。秤杆一头垂挂着的铝质秤盘，光洁如新。从秤的挂钩、提绳等配件来看，这秤的做工并不算考究，甚至可用"粗糙"二字形容。此秤称量也不大，最大秤重量五公斤，是典型的"小手杆秤"，与小时候我在农村老家见过的百公斤秤稻谷、生猪的秤相比，可算得上是"小小巫"了。

小杆秤看上去还比较新。它是什么时候买的、在哪儿买的，我一点儿印象也没有。只记得1994年我把父母从乡下接到城里，和我们一起生活，直至2007年哥哥把父母接去，父母跟随我生活了十三年。刚被接出来时，父母才六十出头，还算年轻，我便把家中的"后勤保障大权"交给了父母，由父母负责家中的油盐柴米。父母都是农民，为人老实本分，来到城里生活，依旧保持着那份谨慎和小心，每次上街买菜，特别是买鸡鸭鱼肉或油等比较昂贵的物品时，回来总要亲自用小杆秤称一称，看看是否短斤少两、上当受骗。记得有一天上午，父母买了一条草鱼，回到家一称，发现足足少了三两，又急忙返回菜市场"讨公道"，到十二点半才回到家做饭。我不解，埋怨父母太较真。母亲却说："'人情送匹马，买卖争厘毫。'少了我们的斤两，我们当然不能眼睁睁吃亏。如果不是当年我和你爸爸那样精打细算过日子，怎么能养活你们十姊妹，还供你们上大学哩？"母亲的话里透着几分自豪、几分辛酸。

我的印象中，当年父亲除了干农活，还会"偷偷"地做点鸡鸭生意。那年头我们兄弟姐妹多，靠父母两个在生产队挣工分来养家是远远不够的，年年超支，年年缺口粮，日子过得紧巴巴的，特别特别艰难。野菜、杂粮充饥是常有的事，我们因为吃不饱而哭鼻子也是常有的事。万般无奈之下，父亲只有"铤而走险"，趁农忙空闲时间（当然是中午和傍晚），悄悄地做点贩卖鸡鸭或食油之类的小本生意，挣点钱贴补家用。

做生意，秤是必备的"道具"。那时，父亲房间的墙上整齐地挂着大小三杆秤。我们很好奇，常常想取下来摆弄摆弄。但不知是何故，平日一向对子女爱护有加的父亲却非常严厉，不允许我们触碰那些秤。有一回四哥趁爸爸不在家，偷偷地取下一杆最小的秤，又是称书包，又是称青菜，甚至称小板凳。因为不识秤，大家笑得乐不可支。这时恰好爸爸回来了，见状，狠狠地揍了四哥一顿。四哥哭得很是凄惨。从此，我们只能望"墙"生畏、望"秤"止叹，再也不敢去触碰它们，而内心对秤也更加好奇。

直到有一次我随父亲去集市时，才廓清了我心中的疑云。那是我七岁那年夏天的一个上午，我帮父亲在嘈杂不堪的集市上卖鸡鸭。正当忙得不可开交之时，突然三个穿着制服的人（当时我还小，不知道是工商所的）拨开人群，气势汹汹地对我父亲说："停下，把你的秤拿过来，有人举报你的秤有问题。"父亲立马停下，将秤递了过去。我被这突如其来的状况吓得躲在父亲身后直想哭。只见那几个人对父亲的秤摆弄来摆弄去，边上有几个人嘴里不停地说："他的秤肯定有问题，短斤少两，昧良心……"十来分钟后，穿制服的人将秤还给我父亲，对身旁的人说："我们校验过了，他的秤没有问题，你们别瞎说。"临走，他还和我父亲握手，说道："对不起，你继续做生意吧。"回家的路上，父亲告诉我原委：由于自己特别注重"公平秤"，从不短斤少两，所以，生意做得很好，钱也比别人挣得多。这自然引发了同行们的妒忌，才有了今天的"举报"之事。

从那以后，我们兄弟姐妹都会很自觉地"保护"父亲的秤。也是从那以后，父亲的生意非但没有受到影响，反而"知名度"更高，生意做得更好。父亲经常告诫我们：做任何事情讲的是诚信、公道，千万不能做昧良心的事、挣昧良心的钱！

父亲不仅爱惜秤，而且常常给我们讲述用秤的诀窍。他说，一杆秤不是一直都精准的，每隔一段时间必须校验一下，看秤砣上是否有脏物，是否不经意间和其他人的秤砣调换了，秤的挂钩、提钮是否灵活，等等。他还告诉我们，秤和所称物品的大小也要基本匹配，绝对不能大秤称小物或小秤称大物，否则，不是自己吃亏，就是他人上当。父亲做生意时间长，也发现了一些生意人在秤上做手脚的伎俩。他常常演示给我们看：买东西时提秤的手用手掌偷偷抵住秤杆，或者用脚尖悄悄上托被秤物……父亲边演示，我们边咂舌，嘴里直骂那些"坏人、奸商"。而每每这时，父亲都会很严肃地对我们说："做人一定要正派，千万不能算计别人，否则，一定会遭老天报应的！"

1994年夏，父母已打定主意随我到城里生活。临行前一个星期，父母召集所有儿子，将家产分成八份，用抓阄的方式分给八个儿子，而父亲一直视为宝物的那三杆大小不同的秤，却不在所分家产之列。正当我们不解时，父亲从房间拿出这三杆秤，对儿子们说："这三杆秤是我多年来做生意的心爱之物，是它们撑起了我们这个家。现在我和你们的妈妈要跟裕平两口子去城里生活了，我不做生意了，也用不着秤了。你们三个大的儿子治家需要，我按大小传给你们三人，希望你们本分做事、厚道做人，切记：宁亏自己，别损他人！"我们都很感动，感动于父母的良苦用心！

过去，几杆旧秤，称出了我们家的小日子、大生活。我们家从贫穷起步，后来解决了温饱问题，再后来买了单车、缝纫机，盖起了房子，几个哥哥相继娶了媳妇，我和四哥、弟弟还读了大学，都在赣州城里工作。如今，眼前的这杆小杆秤，却称出了父母颐养天年的深厚情感和天伦乐趣！曾几何时，这小杆秤给我这个小家带来了几许往日故事和笑语欢声。

记得有一年中秋节前，我和妻儿刚进家门，就听到父母朗朗的笑声。只见二老笑得前俯后仰，还不停地抹眼泪。我和妻子、儿子面面相觑。笑定之后，父亲才讲述了笑因：那天老家的两个儿子来看望父母，送了些鸡鸭。父亲对母亲说："我能准确说出这鸡鸭的斤两来，不差毫厘。"母亲说："吹牛。"两人便较上了真。于是，父亲说斤两，母亲立即用家中的小杆秤过秤。嘿，还讲得真准，误差最多不到半两。母亲诧异。父亲则更得意，说："信不信，抓一头猪崽来，我也能说出它的准确斤两来。"母亲说："不害臊。"父亲说："宝刀不老。"于是，双双大笑！

父母常说："饭桌上教子女，枕头上教夫妻。"在我们家，十几年来父母一直保持着这个传统，常常在吃饭的时候给小孙子讲持家做人的道理。有一次我儿子问爷爷："为什么每次买回来的东西都要再称一称呢？"父亲语重心长地对孙子说："孙子呃，小秤里可有大学问哩！秤杆上的每一颗星都关系到用秤人和被用秤人的利益，偏左偏右一点都能看出一个人的心。一个人诚不诚实，用秤称一称就知道。"孙子虽然一脸茫然，但还是不住地点头。

2012年8月，父亲溘然长逝，母亲一度沉浸在悲痛之中。家中的这杆小杆秤从此也就被彻底"遗弃"了，我和妻子也早忘了家中还有这杆秤。时隔十一年，今天重见此物，往事如昨，心中不禁泛起层层涟漪。母亲再次看到这小杆秤时，既亲切又诧异，先是用手摸摸秤杆、摸摸每颗星，然后又摸摸秤盘，还用衣袖擦擦，嘴里絮絮叨叨地讲了一些我们知道或不知道的与这秤有关的往事。其间，母亲或喜或悲，又笑又泪。末了，母亲郑重其事地对我说："儿子啊，要好好地保管好这杆秤。这是咱家的传家宝啊！"

我点头，凝望着这小杆秤，父亲的音容笑貌重又浮现在眼前。我郑重地将它珍藏起来。

此文发表于2024年5月6日《赣南日报》

砚边絮语

书法本是一种业余爱好，却不经意成了一种职业。学书法，教书法，书法赋予我新的生活内涵。把书法教学中的点点滴滴记录下来，形成自己的些许思考，亦不枉那一段"为人师"的经历。

赣州郁孤台　张有财/绘

谈读帖与临帖的关系

《中国钢笔书法》杂志今年第1、2期上分别登载了沈壮海同志的《浅谈临帖的先后关系》和林万忠同志的《话说读帖》。两篇文章就临帖和读帖两个学书环节做了较为深入具体的论述,读来让人受益匪浅。然而,我认为如果把读帖与临帖二者的关系做一番阐述,将会给学书者带来更大的帮助。笔者根据多年来的书法学习和教学的经验体会,做点肤浅的阐述。

读帖和临帖实际上就是训练和提高学书人的"眼下功夫"和"手上功夫"的两个不同手段,也是任何一个学书者走向成功的必由之路。而且二者的关系十分密切,它们互相渗透,互为促进。倘若对二者的关系认识不清或处理不当都有可能给书法学习带来不利影响。为此,我认为必须注意以下两个方面。

第一,读帖是临帖的必要前提,临帖是读帖的外在表现。

首先，读帖能给临帖准备必要的功力基础。通过读帖，书写者不仅能了解帖中字的笔画特点（如长短、轻重、斜正、曲直、俯仰、疏密、穿插、粘脱等），而且还能把握住字的结构特点（如长短、宽窄、大小、高低、迎让、向背、欹正、变化等），乃至书家作品的风格、意趣、神韵等，从而大大地增强对范帖的感性认识，以至于下笔前便能胸有成竹，避免下笔的盲目和随意。

其次，读帖能给临帖准备重要的情感基础。心理学上认为，创作动机是作者内心萌发的一种冲动或欲望，当他想实现或得不到实现时，往往就会产生一种心理上的驱力或张力，从而推动作者进入创作状态。临帖前如果不认真读帖或读帖不充分，就难免使临写被动、枯燥。相反，仔细认真地读帖，会让学书者越读越有味，于是临写的欲望便油然而生，而且越来越强烈，恨不得马上动笔去临写。这时，带着这种激情去下笔，往往能收到较满意的效果。同时，我们也常会感到，临帖久了，容易使人厌烦、倦怠，临写欲望渐趋淡化。这时，最好放下笔干脆不写，再一心一意去读帖。通过读帖，心濡目染，处于低落的临写欲望又渐渐升温，又产生一种越来越强的心理驱力，于是促使书写者再次跃跃欲临。这样读而临，临后又读，良性循环，兴趣就会持久不减，收效才会明显。

最后，临帖又反过来作用于读帖。临帖一方面能使读帖时所获得的各种信息具体化、明朗化，并得以巩固、消化。所谓学以致用，读以致临。另一方面，它又可以通过具体实践发现读帖中的不足，纠正读帖中的偏差，从而规定下一步读帖的内容、方向。因此，临帖对读帖的作用也是不容忽视的。

第二，读帖与临帖在时间分配上要科学、合理。

在书法学习中究竟要多读还是多临，这一直困扰着许多书法爱好者。笔者认为，读帖与临帖在时间分配上是随着学书的进程而发生变化的。一般地，对于刚刚开始书法学习的人（甚至对于刚刚接触另一种新书体的人）来说，应起码是七分读三分临。因为这时学书者对帖一点儿不熟，手上功夫又差，如果不花大量时间去感应和分析字帖就忙于下笔去临，势必陷入盲目境地，以致事倍而功微。

然而，一段时间后，当书写者对帖中的字形特点、运笔要领等掌握得较好时，这时"临"便显得相对重要了，应把学书重心转移到强化手上功夫上来。因此，可以五分读五分临或四分读六分临，否则，就有可能落得个眼高手低、得心不能应手的结果。

等到手上功夫到了较为扎实的程度时，则须多读而少临，花大量的时间去进一步深入分析字帖，或博览群碑众帖。只有这样，才能使临帖越来越逼近"神似"，才能避免临帖走进死胡同。因此许多书家认为可以一天不写字，但不可以一天不读帖。

这是十分有道理的。

此文为本人书法文章处女作，发表于1995年第5期《中国钢笔书法》杂志

书法学习四要

汉字书法作为我国古老的艺术,以其独特的艺术魅力使一代又一代的人们为之倾心,为之探索,从而造就了一批又一批伟大的书法家。今天,人们仍然对它倍加青睐,在书法的学习中倾注着极大的热情。

然而,同其他姊妹艺术一样,书法的学习也绝非轻而易举、一蹴而就的。它对每一位热衷于书法学习的人提出了很高的要求。

一要勤奋。王羲之渡江北游名山,遍学众碑,书艺大进;欧阳询路遇古碑,揣摩碑文学书法,旷野夜宿数日;智永学书三十年,用废的笔堆成了一个"退笔冢";等等。这些无不告诉我们,通向书法殿堂的道路上,砚边勤练是非常重要的,离开扎实的实践练习却想成为一位书法家简直是天方夜谭。因此,要想真正学好书法,勤奋是第一要著。

二要师古。我国书法历史悠久,源远流传,且名家辈出,流派纷呈，名碑佳翰更是令人目不暇接，百学不厌。这无疑给我们从事书法学习准备了极有利的条件。然而，当今不少书法爱好者，尤其是青少年朋友在书法学习中往往不愿向古人学习，或者学也是蜻蜓点水、浅尝辄止，表现出一种急功近利、求胜心切的学书心态。殊不知这是一种哗众取宠、自欺欺人的表现。因而他们也不可能在书法道路上取得什么大的成绩。一个真正的学书者，首先必须是位善于向古人学习的人。他们必须将自己"沉"下去，取法乎上，长期不断地研习古代碑帖，练就扎实的书法内功，然后才有可能融百家之长，成个人之风，走出一条属于自己的书法之道——根深方能叶茂嘛！

三要妙悟。书法学习单凭勤奋苦练、下死功夫是不可能走得很远的，还必须在此基础上妙悟，而且在某种程度上来说，"悟"比"练"更为重要。因为"非悟无以入其妙"。宋代大诗人陈师道在论诗时曾说："法在人，故必学；巧在己，故必悟。"书法亦然。掌握一定的技法，得其形似是并不难的，而要真正得其神、韵、意，则非悟而不能。因此，没有妙悟，我们读帖临帖就难以心领神会；没有妙悟，我们的书法创作也不可能臻至"入神"的审美境界。一句话，"非缘妙悟，曷极精深"（胡应麟语）。

四要博识。书法不仅是一门古老的艺术，同时也是一门综合性艺术。它与文学、哲学、美学、禅宗、历史等都有着千丝万缕的联系。因此，它要求每一个希望在书法上有所作为的人放开眼光，广泛涉猎各方面的有益知识，不断提高自身艺术修养，从而使自己的书法创作真正成为表现自己情操、气质和修养的艺术行为。否则，纵然你笔下功夫再好，也充其量是个写字匠而不是书法家。"非多读书，多穷理，则不能极其至"，正是此理。当今一些书道同人们在这方面做得还很不够，以致透过他们那扎实的书法功底，不难发现其中的俗气和纰缪——下笔便"抄"唐诗宋词、错别字时有出现、落款句意不通、知识有误等。这些，无不令人感到遗憾和痛心。因此，在努力练好笔下功之余，我们不可不多读书，将书法与其他学科知识融会贯通，以期达到书法创作的完美表现。

综上所述，以上四个方面是我们学书法成功的必备条件，缺一不可。四者中，勤奋是基石，师古为根本，妙悟是关键，博识为保证。只要我们往这四方面去尽自己最大的努力，那么就不愁在书法学习中无所建树。笔者之所以作此文，一为鞭策激励自己的书法学习，二为希望有补于当前有急功浮躁心态的书学同人。至于文中言浅失妥处，还乞方家指正为幸，笔者亦愿弭耳受教！

此文发表于1996年11月30日《赣南师院报》、江西省硬笔书法研究会主编的《硬笔书法通讯》1997年第5期、1997年8月21日《少年书法报》

少儿书法选帖之我见

眼下，越来越多的少年儿童参与到书法的学习中来。许多家长都希望自己的孩子从小能练得一手漂亮的字，因而把孩子送进少年宫或其他书法培训班学习书法，有的甚至还亲自监督或指导孩子练字。这无疑是一种可喜的现象。然而，据笔者了解，目前从事少儿书法教学的教师多是"半路出家"的。他们仅仅因为字写得好便当起了"老师"，至于传统的书法理论知识和少儿书法教学的原理，他们懂得是不多的，从而在教学中常常出现一些误导现象。就拿选帖这一环节来说，就存在一些不良的导向，使得少儿在书法学习中走了不少弯路，也造成了我国少儿书法的畸形发展。笔者根据自己的少儿书法教学实践，谈谈自己的看法。

第一，少儿选帖应提倡百花齐放，不可局限于一体一路。也许是受二十世纪八十年代初那套颜柳欧赵《中学生字帖》的影响，许多青少年书法爱好者头脑中仿佛中国书法唯楷书一体、仅颜柳欧赵四家一样，因而造成青少年书法中"千军万马挤独木桥"的现象。一些书法教学者也片面地认为这四家是每个学书者的最佳入口，因而在选帖时仅限于此四家。笔者认为，面对众多的少儿学书者，教师应大胆地让他们从篆、隶、楷三体的众多流派和碑帖中自由选择他们的临习范本，不应有所限定。从某种意义上说，从篆、隶入手比从楷入手更好。

第二，少儿书法选帖应符合其心理特点。少年儿童的心理特点是天真烂漫、活泼好奇。这就要求我们在指导他们选帖时应尽量以此为原则，而不能以教师的主观愿望为出发点。我们最好不要让他们一开始就去临习那些笔法精熟、法度森严的碑帖，如隋唐楷书字帖。因为这在少年儿童看来是呆板沉闷的，与他们那自然浪漫的特点格格不入。如果硬要如此，则难免弄巧成拙。我们不妨让他们从汉隶或魏碑中那些用笔、结体稚拙率真、天然奇趣的碑帖入手。这会使少年儿童有一种亲切感，从而容易引起他们的学习兴趣和激情。

第三，少儿选帖应以其性格兴趣为取向，因材选帖。如果说天真烂漫、充满童趣是少儿的共性，那么，性格兴趣的差异则是他们的个性。个性的发挥在书法学习中是十分重要的。少儿书法选帖也应以此为取向，而不能千篇一律或带强制性地规定他们练某一种字帖。否则，将会遏制他们学书兴趣的培养，甚至使他们在学习过程中产生一种厌学心理或自卑心理。这对少儿书法的进步是十分不利的。对于喜欢宽博、雄浑的少儿，那么不妨让他选《泰山经石峪金刚经》《石门颂》《郑文公碑》为范本；如果他喜爱方整秀丽，则可选《曹全碑》或《张黑女墓志》等。总之，因人选帖，性格兴趣第一。这有利于增强少儿学书的信心，有利于发挥他们的想象力和创造力。

俗话说：强扭的瓜不甜。对于少儿书法的选帖，我们作为教师应当有一个正确的指导思想，不应以教师个人的意志去规范、限定孩子选帖。只有这样，我国的少儿书法才可能朝着正确的方向发展。

此文发表于1996年12月16日《钢笔书法报》

谈谈书法与写字

当前，全国各高等、中等师范院校都以不同的方式开设了"三笔字"（钢笔字、毛笔字和粉笔字）课，许多中小学校也相继有了写字课。这无疑给广大青少年学生提高汉字书写水平提供了极有利的条件。但是由于许多从事写字教学的教师不甚明确写字与书法的区别，误将写字当书法，因而教学目的不够明确，教学内容和教学方法也有所失当，以致在具体的教学过程中小题大做、弄巧成拙，教学效果不尽如人意。为此，笔者根据多年"三笔字"教学的实践体会，谈谈自己的看法。

书法与写字是两个既有联系又存在区别的概念。尽管都是用笔书写汉字，但在具体训练或教学中却有较大区别，具体表现在以下四个方面。

第一，目的要求上不同。写字的目的是为实用，带有工具性。它要求将字写得正确、规范、流利、美观，即郭沫若同志提出的"把字写得合乎规格，比较端正、干净，容易认"。而书法则具有实用和艺术双重性。它不仅要求做到正确、规范、流利、美观，而且还必须符合一定的艺术准则和审美要求。因此，写字是书法的基础；书法包含了写字，是写字的更高层次的追求。

第二，选帖要求上不同。无论是写字还是书法，字帖都是不可或缺的。一般来说，书法学习在选帖上是较为严格的。它必须选古代碑帖作为范本，而"不同意学近代人的字，并坚决反对写时人的字"（商承祚语）。而且要尽可能根据学书人的性格、气质等情况选帖，所谓"性之所近，最易见效"。对于书体，则既可选楷书、隶书、行书，也可以选篆书或草书，因人而异，六体自由。

而写字选帖则相对自由宽泛些，无论是古代碑帖，还是现代、当代字帖，甚至是身边人的字，只要是实用、美观，雅俗共赏，都可以作为学生临习的范本。不过也有两类字帖不宜选用：一是篆书、草书字帖，二是风格古拙奇诡的字帖。因为这两类字帖实用性不强，很难给学习、工作带来什么便利。

第三，临习要求上不同。就写字角度而言，临写时只注重"形"，即把握笔画的形和字的形，而不求"神、韵、意"。而从书法角度而言，临帖时要尽可能做到形神兼备，且以意为重，"形质次之"。书法不仅要求懂得笔法，还得掌握其笔势、笔意及其他笔墨情趣等。

第四，内容要求上不同。因为写字是为实用，故而务求

"形"美，包括单个字的结构造型之美和整幅字的分行布局之美。这就规定了写字训练的内容重在对结构和章法的掌握，至于笔画是次要的。而书法作为一门艺术，其首先是线条的艺术。它十分强调笔画的质感和字里行间的情态意趣，因此"笔法为上，结构次之"便是书法学习的主要内容了。

此外，书法学习除了掌握一定的技法理论外，还必须学习书法史、书法批评史、书法美学、书法心理学等方面的理论知识，而写字则相对简单、浅易得多，它只需掌握必要的基础技法和文字知识，其余可以一概不管。

总之，明确了书法与写字的区别，教师在教学内容上可以删繁就简、避虚击实，在教学方法上从实际出发，做到有针对性。而学生在具体学习训练过程中，也才能明确方向，增强信心，而不至于望尘莫及、望洋兴叹！

此文发表于1997年3月30日《赣南师院报》、1997年6月15日《语言文字报》

"天覆"与"地载"

"天覆"与"地载"是我国古代楷书结构理论中的两大法则。明代李淳的《大字结构八十四法》和清代黄自元的《间架结构九十二法》都曾开篇提出此二法。此二法的提出给后来学书者掌握汉字结构规律提供了一定的便利。但是在多年的书法教学中，笔者发现他们在阐述"天覆"与"地载"法则中存在一些缺憾。现就此谈谈自己的一些看法，以就教于方家。

李淳在《大字结构八十四法》中是这样阐述的："天覆，要上面盖尽下面，法宜上清而下浊"，并举"宇、宙、宫、官"四字为证；"地载，要下画载起上画，法宜上轻而下重"，举"直、且、至、里"四字为例。黄自元在《间架结构九十二法》中说："天覆者，凡画皆冒于其下；地载者，有画皆托于其上。"他分别举"宇、宙、定、宁""至、圣、孟、盖"为例。在他们二人看来，凡有宝盖头的字均属天覆字，而凡底部有一长横的字则均为地载字。这是不够全面的。对于"天覆字"，笔者认为：第一，并非所有带宝盖头的字都是天覆字。当宝盖下面有长横或长撇捺时，这个字则不应看作天覆字，因为其上无法盖尽下面的，如"定、安、客、寂、实"等字。因此，对于这些字，宝盖不但不能写宽，反而应适当收缩，以免它与主笔（长横或长撇捺）争宽，喧宾夺主，从而使字臃肿。第二，有些字虽然不带宝盖头，但也可看作天覆字，诸如"圣、罪、望、皆、智、留、雪、登"等字。写这些字时，我们最好将其上部写得开张些，使之盖尽下面，这样，字的形体结构更为自然。欧阳询在"覆冒"法中列举的"奢、食、泰"等字也属天覆字。

对于"地载字"，笔者以为，底部有长横的字固然属于地载字，但有些字其底部虽没有长横，却比较宽绰，"有画皆托于其上"，所以也可以看作是地载字。如"高、万、思、慈、是、定、照、焉"等。写这些字时，应将其上部收缩，而使其下面宽博。

另外，还有一些字，如"宣、室、空、灵、宜"等，其顶部是帽盖，底部又有一横，这些字，我们可以将之看成天覆字，写得上宽下窄。同时，"宣、室、空、灵、宜"，也可以将之写得上下同宽，既非天覆，又非地载。

此文发表于1997年4月22日《青少年书法报》

书法学习中的"症结"及其疗救

我从事书法教学多年，经常和书法爱好者们在一起探讨书法学习之道，也不时回答他们提出的一些问题，或者听他们讲述在学习过程中的感受和困惑。渐渐地，这些困惑在我脑海中开始聚集，形成几个突出的焦点，我姑且将之称为"症结"。正是这些"症结"的存在，致使不少书法爱好者在书法学习过程中半途而废，功亏一篑，在学书道路上败下阵来。为此，笔者根据自身学习和教学的体验，对这些"症结"做一番诊断和治疗。

症结之一："字练了多年，帖也临了不少，可字就是不见长进，看来我不是学书法的料。"

诊断：学习书法自然离不开字帖和对字帖的临写，但如果不采用科学有效的方法去练、去临，那么要想学好书法是断然不可能的。多年练字、临帖，但字不见长进，弊在临习时没有认真读帖，临写的方法也失当，以致纵然"埋头苦练"，也不过是涂鸦而已。因此，患这种"症结"的学书人须吃一方读帖和临帖的"药"。

疗救方法：首先要加强读帖。读帖是培养学书者的观察能力，提高他们对字帖感性认识的重要手段。忽视读帖的作用，或使得读帖这一环节流于形式，帖，也便成了聋子的耳朵——摆设。

读帖之法，一是要弄清笔画的特征，即笔画的轻重、长短、俯仰、斜正、曲直，以及起笔、收笔的方圆、藏露等；二是弄清笔画的位置，如起笔、收笔的位置，穿插、粘脱的位置等；三是掌握笔画间的关系，包括疏密、粘脱、穿插、呼应及变化等关系；四是注意字的形体结构，诸如字形的大、小、扁、方、长、肥、瘦、欹、正和单元组合的高、低、长、短、宽、窄、向、背、聚、散，等等。此外，我们还可以进一步从帖中读到书家作品的风格、意趣和神韵等，从而使范帖的形象与态势"尽得于目，尽存于心"（康有为语）。

二是要掌握正确的临帖方法。临帖也是学书重要的一环，功在强化、巩固并再现读帖的内容，使"得于目、存于心"的东西"尽应于手"，从而锻炼学书者的手上功夫。怎样临帖呢？笔者认为：其一，先慢后快，循序渐进。起初不必苛求一口气临完一个字，而可采用笨法子，看一笔临一笔，以后随着临习的深入而逐渐加快速度，最后达到看一字临一字，否则临帖就会陷入"抄帖"的境地。其二，多临多想，比较提高。初学者临帖时往往埋头一个字接一个字，或者一遍接一遍地临，而很少注意比较总结，结果事倍功半。因此，临帖时，我们要尽量手脑并用，边临边琢磨边总结，切不可盲目、机械地重复。其三，忠于原帖，忘我投入。临帖最起码的要求是"形似"，而后是"神似"。要做到这一点，书写者必须对字帖认真地摹写，以帖为师，全身心地投入。"心中只有字帖，唯独没有自己"，这样就可以避免临帖浮躁草率，我行我素。

总之，读帖和临帖是任何一个学书者成功的必经之路。临帖多年而不见长进的书法"患者"，应重新确立自己学习书法的指导思想，掌握正确有效的读帖、临帖方法，克服陋习，这样一定可以达到自己的目标。

症结之二："起初练书法的时候，进步很快，可学一段时间之后，书写水平徘徊不前，甚至在后退，因而十分苦闷。"

诊断：书法是技巧，书法学习则是一个过程。根据学书者在书法学习中的情况，笔者将这一过程表述为三个阶段的循环，即冲动期—苦闷期—飞跃期（新的冲动）。学书伊始，兴致正浓，信心十足，加之从一笔一画的"形"学起，因此看起来进步甚大。一段时间以后，外形表象的东西掌握了，进而要掌握汉字内在神采，这相对就难得多了，但这时并不意味着止步不前或在倒退。毕竟学书如探穴，"入之愈深，其进愈难，而其见愈奇"。

疗救方法：学书进入"苦闷期"是正常的。学书者大可不必沮丧，而应冷静思考，尽量排除烦躁情绪，要做到这点，首先要树立自信，脚踏实地。书法学习需要一种坚韧不拔的精神，同时也必须有良好的自信力。一个人学书感到苦闷烦躁时，最好别随便评价自己的字，更不能一味地认为自己的字"左看不顺眼，右看不对劲"，否则容易形成恶性循环。这时你应经常告诉自己："别悲观别着急，我正在进步。"这样你就能以一种平静乐观的心态去面对自己的学书处境，自觉地产生一种内动力，从而扎扎实实地苦练基本功，渡过"难关"。

其次要强化读帖，加强理论学习。处在学书苦闷期的人往往会出现两种情况：一是对读帖有所放松，而把精力放在埋头苦练上；二是觉得读帖已读不出新东西，似乎再无法深入下去。因此，在这期间，建议学书者一方面进一步深入读帖，心领神会，力求悟出临帖的方法、规律，以及范帖中内在实质性的东西；另一方面接触一些书法理论书籍，尤其是介绍所学书体和所临范帖的书籍，学习书法理论知识。这样能够帮助我们提高鉴赏力，把握自己所学书体和所临范帖的特点，从而领悟出书法学习的妙道，走出困境，实现飞跃。

请记住：读帖贯穿我们学书的全过程，没有一劳永逸；学书仅有硬邦邦的实践练习是远远不够的，而必须辅以必要的理论知识。

症结之三："对着字帖来写时写得很像，可一旦离开字帖，字就变形变味，那怎么办呢？"

诊断：这实质上是一个关于"入帖"和"出帖"的问题。当前许多书法爱好者在书法热潮中表现出这样一种心态，那就是求胜心切。临帖还没几个月，就想出帖，就想创作，这可能吗？这种"症结"的"患者"并非他们不能离开字帖来创作，而是他们学书的功力欠佳。毕竟，书法乃"玄妙之伎"，离开了一定量的练习而想追求质的飞跃，是不可能的。

全国书法大赛笔试现场

疗救方法：如前所述，书法是一种技能技巧、一门艺术，必须经历一个过程。临帖也如此。作为一个学书者，要想"出帖"，首先必须"入帖"。只有自己先"沉"进古帖当中去，经过一段时间的努力探索，汲取帖中的营养，然后才有可能从帖中出来。因此，书法爱好者在学书过程中千万别急于求成，而应扎实临帖，只问耕耘，不问收获。至于几时"出帖"，瓜熟必蒂落，久习必成惯嘛！

当然，要更好更快地出帖也是可能的。就我个人的体会，我认为最好做到以下三点：一要经常反复地读帖。心理学知识告诉我们，对一件事物只观察一遍或几遍，只能形成瞬时记忆或短时记忆，而难以形成长时记忆。因此，要想在撇开字帖的情况下写的字不变形变味，就必须对字帖反复审读，使字帖的字形字貌及神采神韵等"尽存于心"，并进而"尽应于手"，这样出帖也就较快了。

二要长时间地坚持专临一本字帖。虽然书法学习须"所见博，所闻多"，但作为学习的前期，我认为最好还是所见所临都专些好。倘若对一本字帖临写时间短或者临帖不专一，频频换帖，那么将会得不偿失。相反，较长时间（至少得一年半载吧）坚持临写一本帖，我们才能由"少得形势"到"微微似本"，最后"尽得其形势"（王羲之《笔势论》）。到那时，何愁脱帖不成?!

三要对临、背临结合。对临固然能让我们对帖看得更清楚、更全面，临得也更逼真，但它也容易使我们对字帖产生一种依赖，以致一旦脱帖，便临写失真。而背临恰恰可以弥补这一点。因此，二者结合，交替进行，相得益彰，就必然加速出帖。为此，笔者建议学书者在临帖阶段尽可能做到没字帖不练字，每下笔必临帖，也就是说有字帖时就一定对着字帖来临写，而字帖不在身边时，则尽量靠记忆把字帖上的字模仿出来，而绝不可随心所欲，一任己意。

症结之四："当初我觉得这本字帖绝好，可临过一段时间以后又觉得不行，远不如别的字帖，真想换一本帖。"

诊断：这是一个可怕的念头。字帖是我们学习书法的重要工具之一，是不可缺少的"拐杖"。一本好的字帖往往能够给予学书者许多有益的东西，帮助他们步入书法的殿堂。然而，鱼肉再鲜美也有吃腻的时候。初学书法时由于读帖和临帖都专于自己所选定的那一本字帖，久而久之，容易对这本字帖产生一种腻烦感，觉得不如别的字帖好。虽说这属正常现象，但假如这时换一本帖，那么不仅前功尽弃，而且用不了多长时间，你又将产生一种喜新厌旧感。恐怕又想更换字帖了。

疗救方法：大抵人人都有这样一种生活体验——做任何一件事情，只要矢志如一，努力探索，最终将走向成功。三心二意，见异思迁则将半途而废，一事无成。学书之初，第一步便是选择一本适合自己性格、气质、情趣的古代碑帖来作为范帖。而字帖一旦选定之后，就要好好地读、好好地临。当你觉得越来越不喜欢这本字帖时，并不是这本帖真的不如其他的字帖好，也并不一定是你当初选错了字帖，你应坚信自己当初的感觉和选择。这时，你不妨放下手中的笔，干脆隔上一段时间不读不临该帖（因为带着厌烦的心理去读、临，也不会有什么收获的），来个"冷处理"，让字帖与你"陌生"一回。当"久别重逢"，你重新审视这本字帖时，你也许又会对它亲切起来。这便是我们心理学上所说的"距离效应"。或者，你想办法查找一些资料，阅读一些介绍该帖或作者的文章著作，从理论的角度上帮助自己进一步发掘和把握字帖的特点和长处，让你渐渐地又一次觉得这本字帖仍是绝好的，而不再对它产生厌烦了。请记住，任何一本优秀的古代碑帖都是我们学习书法的典范。只要我们在学习中汲取精华、摒弃糟粕、先专其一、后取百家，我们就一定能够成功的。

此文发表于1997年第3期《中国钢笔书法》杂志、江西省硬笔书法研究会主编的《硬笔书法通讯》1997年第2期

少儿怎样写好笔画

汉字书法作为一门古老的艺术，它首先是线条的艺术。"笔法为上，结构次之"，早已成为定论。因此，少儿要学好书法，首先必须过好"笔画关"。怎样才能写好笔画呢？我认为应从以下四个方面去着手：

一是笔法。笔法就是用笔方法或运笔要领。它包括起笔、行笔、收笔的方法（即逆入、涩行、紧收），以及中锋、侧锋、藏锋、露锋、提笔、按笔、方笔、圆笔、疾笔、涩笔等。这些是学好笔画的基本方法，也是掌握笔画的第一要素。所谓"书法之妙，全在运笔"，"凡学书，欲先学用笔"。因此，少儿在进行笔画练习时，一定要好好地掌握并运用这些笔法，务必做到方法正确、要领到位。至于各笔法的具体内容及方法，我国古今书论中多有载述，青少年书法朋友可从中借鉴学习，取长补短。

二是特征。特征主要指"两笔四度"，即起笔、收笔的特征

（如方圆、藏露等）、长度、轻重度、角度（即笔面的斜正）、刚柔度（即曲直）。这些有的直接关系到字的"形"（即结构），有的还关系到字的"味"（即神采），因此不可等闲视之。

要把握笔画的特征，关键在读帖。因此，少儿在练笔画时不应只"埋头苦练"，还应认真、细致地看字帖，力求弄清每个笔画的上述特征，使之"尽得于目、尽存于心"。只有这样，下笔临写时才能"尽应于手"。

三是位置。古人说"点画生结构"，可见笔画的位置对汉字的结构至关重要。笔画一旦错位，那字就将变"形"。笔画的位置一般包括起笔、收笔的位置和穿插、粘脱的位置。为了弄清每个笔画的具体位置，并使之准确到位，最有效的办法就是读帖时纵横观察、左右对照，即"看上看下看左看右"，用其他的笔画来作为这一个笔画的参照物，这样就能较好地确定这个笔画的正确位置。

四是关系。汉字是由具体的笔画组成的，但并非笔画简单机械地堆砌，而是按一定的关系科学有机地组合在一起。因此，少年朋友在掌握了以上三条后，还得进一步弄清楚笔画与笔画之间的关系（具体说来有疏密、穿插、粘脱、向背、呼应、变化等关系）。这样就能把握住笔画的精神实质，得其情势，从而使字布局合理，气脉贯通。

总之，笔法、特征、位置、关系这四大要素基本上代表了笔画的全部内涵。掌握了这四方面的内容,"笔画关"就一定能过好。

　　此文发表于1997年6月3日《青少年书法报》、1997年8月21日《少年书法报》

浅议书法学习过程中的心理调控

学书者大抵都有这样一种感受：在学书过程中，自己的心理状态往往会不稳定：有时为有一点进步而欣喜若狂，有时为书艺徘徊不进而苦闷沮丧；有时信心十足、志在必得，有时又茫然悲观，叹惋自责，而且往往阻力大于动力。正因如此，许多青少年书法爱好者由于不能战胜消极心理情绪，而最终导致对书法半途而废，甚至望洋兴叹。在书法教学中，笔者也常常遇到学生们提出的一些心理疑惑。这些疑惑严重阻碍着他们学书进步。因此，笔者以为，书法学习，除了掌握书法基础理论知识和基本书写技法外，还必须学会心理调控。

心理调控的方法不外乎两大类：一是内部自我心理调控，二是外部心理调控。

所谓内部心理调控，是指学书者在学书过程中遇到心理障碍时，自觉地在思想意识和情绪心态上做自我疏解、调节。自我调控的方法有三：

一、自我鼓励，增强信心

学书者遇到情绪低落、信心不足时，不妨自己给自己打气，进行自我安慰和鼓励，如告诉自己"别悲观，别泄气""沉住气练下去，我正在进步"等。这样多少能给自己心理上带来些许宁静，给自己增添一份动力和自信。

二、加强书法理论学习，提高艺术境界

书法学习仅有硬邦邦的实践练习是远远不够的，它容易使初学者"练"进书法"死胡同"里。这时，必须加强书法理论学习，以此来指导实践。这样能使处在"山重水复"中的学书者茅塞顿开、"柳暗花明"。我的一位学生对笔画的"形"把握不错，但对"涩意"的内在特质却苦苦求之而不得。我建议他看刘熙载的《书概》。当他读到"惟笔方欲行，如有物以拒之，竭力而与之争"时，才恍然大悟，解开了久积心中的"疙瘩"，很快便有了明显提高。

三、深入读帖，寻找新感觉

读帖贯穿学书的全过程，没有一劳永逸。从某种意义上说，读帖比临帖、创作更为重要。学书中遇到情绪低落时，读帖是"疗治"的良方。笔者体会到，这时去深入细致地读帖，可使学书者情绪得以稳定，心境得以开阔，兴致得以高涨，从而从中获得新感觉，得到更多书学信息，以此帮助我们战胜自己，走出困境。

所谓外部调控，是指学书者在遇到心理困惑时，可暂时放下手中的笔，向外界"求医问诊"，从而使自己的情绪得以调节。外部调控的方法也有三：

一、以人为师，请求赐教

任何一个学书者都离不开老师的指导，尤其是遇到困惑时，更须向他人请教。其可以向书道同人或师长方家求教，请他们指点迷津、传道解惑；也可以请"外行"帮助，他们虽不谙书道，但他人一席语，往往胜习十年书。可见，以人为师，虚心请教，是心理调控最直接的方法之一。

二、参观书展，观摩笔会

学书者将目光投向展厅的每一幅作品或表演者的笔端，耳濡目染，心摹手追时，所得到的启示和鼓舞往往是很大的。尤其是在情绪低落、困惑疑难时，观看展览或笔会，就更有目的性了。看过展览或笔会，谁都会像服了一帖兴奋剂，精神为之一振，烦躁情绪便烟消云散了。

三、书外求功，开拓视野

书法不是孤立的艺术，书法学习更非单一的劳动，它与其他学科密切相关。当我们在学书困惑不安、欲进不能时，除了看书法理论书外，还可看其他方面的书籍，或从事其他活动。这样既可以使情绪得以稳定，又可从中汲取营养，获得灵感、通感和启发，从而悟出书学之道，消除心理障碍。昔时张旭观公孙氏舞剑器而得其神，见公主与担夫争道而得笔法之意，正说明了这个道理。

总之，书法学习既是技法学习的过程，同时又是不断进行心理调控的过程。学会心理调控，保持良好心理状态，是学书者取得进步，走向成功的重要保证。当然，关于调控的方法并不限于以上这些，且笔者所述也并不一定妥当，仅供参考，乞请同人方家指正！

此文发表于江西省硬笔书法研究会主编的《硬笔书法》1997年第6期、《青少年书法》杂志1998年第2期

话说字帖

众所周知，字帖是书法学习（包括写字）的必备工具。一本好的字帖将给予学书者许多可贵有益的东西，帮助他们步入艺术的殿堂；否则，必将误人子弟。当然，好的字帖必须符合书法美学的基本要求，如点画线条美、框架结构美、章法气韵美等。只有这样，它才能经受得起时间的考验和世人的评判，才能让人百看不厌、百学不怠。然而，就目前市场上的字帖来看，却是"让人欢喜让人忧"。喜的是它数量多、品种全，能满足学书者的"胃口"；忧的是字帖市场鱼目混珠，大有"乱"的势头——乱了学书者的视线，也乱了许多书道同人的心态。

笔者对当前的字帖做了些调查，发现存在"三少三多"的弊端：

一、古代碑帖少，当代字帖多

古代碑帖是历代书家给我们留下的宝贵艺术财富。它集中体现了我们民族的智慧和健康向上的审美意愿，是广大学书者学习的对象。然而，现在要买一本好的古代碑帖又谈何容易？大城市景况会好些，而县乡一级的书店里好的古代碑帖却寥若晨星，甚而绝迹，这令人大失所望。相反，大量的当代字帖却充塞书店，尤其是钢笔字帖多如牛毛，可谓泛滥成灾。这一少一多，使许多书法初学者无所适从，从而误入歧途。这对书法的继承和发展极为不利。毕竟，时人的字帖尚未经受检验和评判，能否取法还是未知数（有的明显是不可学的）。著名的书法家、篆刻家商承祚先生就曾"坚决反对写时人的字"。正是这个道理。

二、品位高的字帖少，档次低的"字帖"多

徜徉书市，我们不免要发出如此慨叹：真正货真价实的书并不多见，而那些以次充好、"绣花枕头"般的书却比比皆是。字帖也不例外。历代名帖、现当代名家墨迹等高品位的字帖较少，而那些欺世惑众、沽名钓誉的"字帖"（或"大典""精品"）却多，可谓"邪气压倒了正气"。究其原因，大抵有三：一是书店经营者对残损斑驳或格调高古的古今名碑名帖不识"货"，因而不愿营售；二是较之当前的一些外表华丽的"字帖"，传统碑帖更显得无利可图；三是出版业的混乱，使得一些书坛高手难以出帖或不屑于这种出帖方式，而那些水平不高、急功近利者却因熟门熟路而频频出帖，以致大量低质"字帖"鱼贯入市，害了不少学书者。

三、真面孔少，改头换面者多

目前书市出现了一些古代碑帖的描红本、放大本、笔法示意本等。这其中有些是可取的，算得上是一种尝试创新，但也不乏粗糙制品。如有的将古代的帖一变而成为碑，让人啼笑皆非；有的将章法改变，如将王羲之《兰亭序》的横无列、竖有行变为横有列、竖成行，这实不可取，于学书者有害；更有甚者，将古代小楷字放大而作为毛笔大楷字帖，这更让人莫名惊诧了。笔者以为，这些"字帖"的面世难免有弄巧成拙之嫌。倘若在十分尊重古碑帖的前提下，为使初学者更便于从中取法而在原碑帖上做些科学处理，这是无可非议的；而如果违背艺术规律，将古碑帖随意"包装"一番并以此图利，则未免是对书法艺术的一种亵渎了。

随着书法热潮的日益高涨，字帖将成为广大书法爱好者的一大"精神食粮"。为此，笔者建议出版部门对这方面加强监督管理，并呼吁书道同人们淡化名利意识，本着尊重艺术规律，对书法后学者负责、对社会负责的态度，去履行自己的职责。

愿有更多更好的字帖面世！

此文发表于江西省硬笔书法研究会主编的《硬笔书法》1998年第1期

因势利导　注重实效
——高等师范院校"三笔字"教学刍议
◎黄裕平　马于强

【摘要】自原国家教委下达关于师范院校开设"三笔字"课的通知以来，全国各高等、中等师范院校基本上将此列入学校教学计划。但是，目前"三笔字"教学在高等师范院校尚未形成良好的格局，在师资、设备、教学内容、教学方法等方面存在诸多不足。本文作者在调查分析的基础上，结合多年的"三笔字"教学体验，就高师"三笔字"的教学心理、教学内容、教学方法等方面做了初步的探讨。

【关键词】三笔字　书法　艺术　实用　形神　韵意

自从原国家教委下达关于师范院校开设"三笔字"课，学生必须取得"三字一话"（即钢笔字、毛笔字、粉笔字、普通话）合格证后方可毕业的通知以来，全国各高等、中等师范院校都已将"三字一话"列入了学校教学计划，并制定了相应的教学措施。但是，就目前高等、中等师范院校"三笔字"教学的现状来看，中等师范学校在这方面抓得比较扎实、具体，取得的成效也较为明显；而高等师范院校相对而言则不尽如人意，至今尚未形成良好的格局。一方面高等师范院校师资严重不足，"赶鸭子上架"的情况普遍存在：有的任课教师字写得好，但缺乏教学经验，有货倒不出；有的甚至自己的书写水平低劣，勉强凑合而已。另一方面，高等师范院校缺乏正确、明晰的教学目标和严密、科学的教学计划、教学方法，以致教师在教学中敷衍、搪塞，没能走出一条属于"三笔字"教学的新路子。种种原因，使得学生的书写水平得不到切实明显的提高，学校也未能形成浓厚的写字氛围，从而导致高师"三笔字"教学滞后发展。这不能不令人感到遗憾。

一

所有师范院校的学生，都有这样一种心理：渴望自己能写一手漂亮、流利的字。因为提高汉字书写水平是教师的必备素质之一。作为师范院校的学生，倘若连字都写不规范、端正、美观，那他今后是愧为人师的。因此，搞好"三笔字"教学，提高学生的汉字书写水平在师范院校显得尤为重要且迫切。

笔者曾就高师一年级学生学习"三笔字"的心理状况做了抽样调查：（1）在回答"你希望练好字吗？有没有信心？"时，63.7%的学生回答"非常希望，且有足够的信心"，36.3%的学生认为"希望学好但信心不足"。（2）对学生自己目前的书写水平，28.1%的同学认为过得去，41.6%的同学认为比较差，22.4%的同学认为很糟糕，而只有7.9%的同学觉得写得不错（从卷面书写的情况来看，学生的回答是客观的）。（3）49.7%的学生进大学前自学过书法，但一致认为效果甚差，因而感喟"开了许多次头，就是没有结尾"，倍感苦恼；50.3%的学生以前从未认真练过字，所以书写自然不美观。（4）在回答"你想练书法呢，还是只想把字练好？"时，89.6%的同学认为只求将字练好，只有10.4%的同学回答想练书法。

由上可知，高等师范院校的学生汉字书写水平普遍较差，确实需要经过一番严格训练。他们有练好字的强烈愿望，能自觉地将时间、精力大量地投入到"三笔字"的学习训练中来，从而为"三笔字"的学习和教学准备了良好的心理优势。他们对"三笔字"学习的目标极为明确，那就是"只求练好字，不求当书法家"。为此，作为从事这一教学工作的教师，务必了解学生的书写现状及其学习"三笔字"的心理动向，并从这一现状和心理出发，因势利导，切实思考"三笔字"教学过程中的方方面面，注重实效，走出高师"三笔字"教学的新路子。

二

从某种意义上来说，写字同书法一样，都是一种技能技巧，而这一技能的习得，往往离不开科学的教学和训练。正如有的同学在调查问卷中写道："一直想把字练好，但十年来一直不敢抱多大希望，因为实在不知道怎样练才能把字写好。"心有余而力不足，正是许多人不能如愿以偿、半途而废甚至望洋兴叹的一个重要原因。因此，学生具备了学习"三笔字"的内在基因，并不等于他们就可以自觉有效地学好"三笔字"。关键还在于高等师范院校如何建立起一套科学有效的"三笔字"教学机制，对学生进行引导和训练。只有这样，学生的汉字书写水平才能得到明显的提高。

（一）明晰写字与书法的区别，为"三笔字"教学的实施提供科学的理论依据

写字与书法是两个既有联系又存在差别的概念。写字仅从实用角度而言，带有工具性，通常要求将字写得正确、规范、流畅、美观。而书法是指"用毛笔书写汉字的艺术法则"，是书家运用书写技法，对汉字进行艺术性创造，借以表达其胸襟、情趣，产生独特的艺术魅力的我国特有的一种传统艺术形式。它更侧重于艺术价值，不仅要求把字写得正确、美观，更要求反映一定的艺术审美标准。写字是书法的基础，书法包括了写字。在具体的练习中，写字亦有别于书法。写字只求"形"美，即字的框架结构美和整体布局美，"不强调书写的过程，只注重最后组成的形的合理性"。而书法不仅讲究"形"美，而且强调"意"高，即须有势、神、韵等，所谓"神采为上，形质次之"。因此写字结体第一，书法则笔法为上。写字相对书法而言要简

单得多，容易得多。

了解了二者的区别，教师就不再把写字教学当书法教学，就可以确定正确的教学思想和教学方法，对教学内容也可删繁就简、提纲挈领了。学生也不再将写字当书法来练，信心自然更足，方向也更明确。

（二）正确确立"三笔字"教学的基本目标，科学地规范教学中的诸因素

"教学目标是写字教育实践的起点。它指导和支配着整个写字教学过程。人们总是按照一定的教学目标去选择教学内容，采用一定的教学方法和手段，组织一定的教学活动。"诚然，高师"三笔字"同其他学科一样，首先必须有明确的教学目标，否则，教学必将是盲目的。目前，高等师范院校"三笔字"教学之所以不尽如人意，其根本在于教学目标不明确，误将写字当书法，因而使得教学内容、教学方法等方面缺乏科学性和针对性。

高等师范院校"三笔字"教学的目标究竟是什么呢？笔者以为应包含以下几方面的内容：其一，让学生掌握一定的汉字知识；其二，学习掌握正确、必要的汉字书写技法；其三，培养学生良好的书写习惯和健康向上的审美意识；其四，激发学生的写字兴趣，提高他们的汉字书写水平。一句话，"三笔字"教学的目标是：培养能把字写得正确、规范、好看的人。

（三）简化教学内容，避虚击实，学以致用，为学生提高书写水平提供理论指导

教学内容是"教师对学生施加影响的信息"，是实现教学目标的基本保证。教学内容的恰当与否，即深浅、虚实、详略与否，直接关系到教师的教学质量。严格地说，写字教学的内容要比书法教学简易得多、浅显得多、实在得多。它只要求我们在教学时向学生传授写字"只是一种十分有限的技能内容而不是艺术观念内容"。这有限的技能内容包括写字的基本姿势、执笔方法、运笔方法、临摹方法、结体方法及分行布局的方法等。此外，我们还有必要向学生传授一些汉字的基本知识，诸如汉字的形体演变、汉字特点、汉字的基本笔顺及繁简变化等。因为这些与学生写好字，写正确、规范字密切相关。至于涉及书法领域的书法理论、书法史知识、美学理论、书法欣赏与创作等则无须介入写字教学中；否则，将使我们的教学事倍功微，弄巧成拙。

尽管钢笔字、毛笔字、粉笔字都是高师学生应当掌握并熟练的，但是基于高等师范院校的办学性质和条件，往往难以三者兼顾，尤其是在教学时间上无法充分保障。根据教学实践，笔者认为可以把"三笔字"的教学内容统筹到毛笔楷书和钢笔行书的教学上来。毛笔楷书是基础，钢笔行书重实用。这样"一柔一刚，软硬兼施"，二者互为渗透、相互促进，学生易于

接受，教学效果较明显。至于粉笔字，它与钢笔字同属硬笔字，二者在书写技巧等方面基本相同，能写好钢笔字就一定能写好粉笔字，因此粉笔字不必在教学中专章讲述。

此外，在上述教学内容的具体实施中，我们也应分清主次，有所侧重。一般来说，作为写字，它不像书法那样讲究线条的质感和字里行间的精、气、神。它只求眼前点线图形的美观和空间布局的合理，至于笔画的特质是可以不追求的。因此写字教学内容的重点不是笔画，而是结构和章法。毕竟我们要求的是学生写好字，而不是让他们成为"书法家"。

（四）选择直接有效的教学方法，贴近学生，突出重点，力求实效

毋庸置疑，"三笔字"课是一门技能训练课，而不是纯粹的理论传授。而任何一种技能的习得，都离不开理论指导与实践操作相结合。目前许多高师院校的"三笔字"教学仍停留在老一套的"讲座式""报告式"上，教师在课堂上大讲特讲理论技法，而忽略课堂上学生主观能动性的发挥，忽视学生的课堂实践训练。结果单一、枯燥、抽象的理论使学生在课堂上懵懵懂懂、如坠云雾，课外练习时也不知所措，我行我素。他们既无法理解、消化课堂内容，也不能自觉地运用这些理论技法来指导、规范自己的练习。因此，"讲座式""报告式"的教学对学生来说于课堂无益，于课外无补，实在不可取。

理论与实践相结合的教学方法是高师"三笔字"教学中最为直接有效的方法。采用这种方法，学生不仅可以学到必要的基础理论，又可在教师的指导下，通过课堂训练及时地理解和运用这些知识。如此，既体现了教师在教学中的主导作用，又可充分发挥学生在训练中的主体作用。实践证明，采用这种教学方法的教学效果是十分明显的。需指出的是，在理论讲解与实践训练的教学中，课堂实践指导是首要的，而理论传授是次要的。因为在写字教学内容中，"'怎么写'的实践课题更具有突出的价值"。教师对于理论的讲解应尽可能删繁就简，通俗易懂，而把指导学生课堂训练作为教学的重头戏。只有这样，教师才能及时发现学生的问题，并通过示范和巡回辅导来纠正这些问题；也只有这样，学生练字的积极性才能不断得到提高，课堂气氛才能日渐活跃。应当承认，以理论为辅、实践指导为主的课堂教学对教师来说比上纯理论课要辛苦得多，但对学生来说却收获大得多，可以起到事半功倍之效。

三

了解了高师学生学习"三笔字"的心理特点，明确了"三笔字"教学的目标、内容及方法等教学要素，就已基本确立了"三笔字"教学的框架骨骼。但是，要使"三笔字"教学真正取得实效，让每个学生的书写水平有较大幅度的提高，还必须切实解决好下面两个问题：

（一）管理考核的问题

尽管"三笔字"教学在高师院校已实施多年，毕业生们走出校门时都已取得了"三字一话"合格证书，但是仍有相当一些高师毕业生的实际书写水平还很低，还是"外甥打灯笼——照舅（旧）"。据调查，高师毕业生的"三笔字"书写水平与中师生相比，有明显的差距。究其原因，除了前面提到的一些因素以外，高师"三笔字"教学在管理考核上没中师学校严格。

笔者认为，对师范院校学生"三笔字"学习的管理考核最有效的办法，是实行学科考试成绩与过关考核两分开，即类似大学英语等级考试。学生学完"三笔字"这一学科之后须参加考试，但考试及格了并不等于其书写水平过关了。他们还必须参加过关考核，对于考核过关了的，方可取得合格证。考核未过关的，学校可以每学期开考一次，让这些学生再次参加考核，直至最后被认定达标过关。这样，对那些原本书写水平较低的同学（在学生中占多数）可以起到一种无形的鞭策作用，迫使他们课余自觉刻苦练习，从而起到课堂教学以外的一种实效补充作用。否则，"三笔字"考试将成为走过场，很难真正检验学生的书写水平，合格证也就失去了真正的功用。对于过关考核，其试卷应是单一的学生实践书写（可以是临帖）。

此外，实施"三笔字"教学的班级人数不宜太多，一般控制在四五十人。倘若人数太多，人挤人，学生难以按照正确的写字方法来写，教师也不便进行课堂示范和个别辅导，从而极大地影响教学效果。

（二）教材建设的问题

目前，中师写字教材《书写训练》已经国家教委审定，并由辽宁出版社出版了（见1996年5月1日《书法报》），但迄今为止，高师"三笔字"教材仍未面世，因而师范院校所采用的教材芜杂纷乱，而且绝大多数学校将书法教材移用为写字教材，这是不科学的。

作为写字教材，其包括两种：一是理论教材；二是实践教材，即字帖。作为理论教材，可参照并选用有关书法教材的一些理论知识，但不宜全盘照搬。一方面应力求内容简明，浅显易懂，对与学生练字无关的抽象理论应删略；另一方面，教材内容应有较强的针对性和可操作性，一定要针对"三笔字"教学的具体目标，阐明"怎么写"这一核心问题，同时切实安排好实践训练的方法和步骤，使之真正成为教师教的标尺和学生练的指针。总之，写字理论教材的编写一定要针对教学和学生实际，从实用和工具出发，面向学生的未来。

而作为实践教材的临写范帖，笔者认为，不必千人一帖，更不能一味地强求学生选用古代碑帖（许多古代碑帖因太注重艺术性而缺乏实用性和工具性，恰恰不宜作为写字范帖用）。我们应尽可能地让学生选用那些简明规范、有规律可循而变化较少，且雅俗共赏的字帖来作为临写范本。这样往往更符合学生的口味，练习起来易于上手，不至于走弯路、错路。因此，选帖应尽量尊重学生自己的性格兴趣和审美观点，百花齐放，因人择帖。

综上所述，"注重实效"应当成为当前高师院校"三笔字"教学的一个基本的指导思想。学校教师及学生都应从实际出发，在教与学的过程中明确方向，总结规律，从而让高师"三笔字"教学走出黑胡同，使广大学生的汉字书写水平得到大幅度提高，为他们走上教学岗位、走向社会准备一项基本的职业素质。

主要参考文献：

[1] 陈振濂. 书法学 [M]. 南京：江苏教育出版社，1992.

[2] 陈振濂. 书法教育学 [M]. 杭州：西泠印社，1992.

[3] 岑久发. 书画篆刻实用辞典 [M]. 上海：上海书画出版社，1988.

此文发表于《吉安师专学报》1998年第4期，系本人与吉安师专马于强老师合作撰写，本人为主笔

怎样上好高师"三笔字"课

最近几年，笔者致力于高等师范院校的"三笔字"教学和研究，逐渐走出了一条行之有效的"三笔字"教学新路子，取得了良好的教学效果。现就自己在教学中的体会和做法表述如下：

一、明确目标，有的放矢

书法教育理论家陈振濂先生曾指出："教学目标是写字教育实践的起点。它指导和支配着整个写字教学过程。人们总是按照一定的教学目标去选择教学内容，采用一定的教学方法和手段，组织一定的教学活动。"高师"三笔字"教学的目标是什么呢？这在许多教师眼中是一个模糊的概念，以致误将写字当书法，小题大做。其实，写字教学的目标就是对学生进行汉字书写的具体训练，使之掌握一定的汉字知识和书写技巧，从而把字写得正确、规范、流畅、美观，提高其汉字书写水平。

基于这一目标，作为"三笔字"的教学内容就必须避虚击实、删繁就简，并力求重点突出，主次分明。对于那些有助于学生掌握书写方法、技巧的知识，诸如执笔方法、运笔要领、结构方法、基本笔顺等，应讲得具体直观，而那些抽象的理论，如笔势、笔意等则可不讲或少讲。这样，教学才能有针对性，做到有的放矢。

二、寓教于乐，激发兴趣

对于写字，绝大多数高师学生是"门外汉"。他们多数人认为要写好字很难，因此尽管一开始他们对写字较有兴趣，但由于自信力不足，这兴趣很快便会"降温"。为此，教师在教学中务必采取灵活生动的教法，随时激发他们的写字兴趣。

为迎合学生的这一心理，提高教学效果，笔者采用寓教于乐的方法对学生进行引导和训练。如讲读帖临帖一课时，为了避免枯燥无味，学生被动敷衍，我将课堂分为"三部曲"，即先让学生对着字帖临写三个字；然后我讲读帖知识，学生一边听，一边对照字帖，对自己临写的字进行修改，发现不足；最后，我讲临帖知识，学生根据有关知识再认真读帖，认真临写这三个字，我在一边巡回指导。这种近乎实验的教学，不仅使教学内容具体化，而且激发了学生的书写兴趣，活跃了课堂气氛，教学效果很明显。

三、加强示范，贴近学生

无论是笔画教学，还是结构教学，教师对每个知识点都应尽可能地为学生进行当面示范，使这些知识技巧付诸笔端，直观可感，然后让学生自己实践练习。由此，学生能自觉地将理论与实践有机地统一起来。

四、注重引导，增强信心

几年的"三笔字"教学给我最深的体会便是，教师必须时时注意对学生的引导。教师不仅要在写字方法、基本技巧上对学生进行具体的示范指导，而且还要在心理和情绪上对他们进行正确、有益的疏导、启发和教育。尤其是那些原本书写基础较差的学生（这在学生中占大多数），其情绪更是瞬息万变，明显地表现出悲观有余，自信不足。如果教师不能及时地把握他们的心理动态并给他们扎上有效的一针，他们是很难有兴趣和信心练下去的。

教师对学生进行引导，方法途径是很多的：或者在教学中适时地插入一些古代书家勤学成才的故事，让同学们感受到榜样的力量；或者在巡回指导时充分肯定学生的每一次进步，鼓励他们继续努力；或者在回答学生提出的心理疑问时，语重心长地教导他们不要自卑、不能急躁，注意方法，相信自己能练好字等，从而消除他们的心理障碍；或者现身说法，用自己学书的经过和体会，来激起他们心灵的涟漪；等等。总之，千方百计地利用一切方法和手段来增强学生的信心，使之在书写训练中始终能兴趣不减，充满信心，保证"三笔字"教学取得好的效果。

此文发表于《中国钢笔书法》杂志1997年第4期、1997年8月17日《语言文字报》

凝思拟古

从事书法创作，只会抄古人的诗词文赋，总感觉是一件很尴尬的事。"未及前贤更勿疑，递相祖述复先谁？"以古人为师，即便邯郸学步，也总比呆立不前好。或许，坚持下去，也能留下一串足迹……

"二苏大"会址　张有财/绘

小柑橘

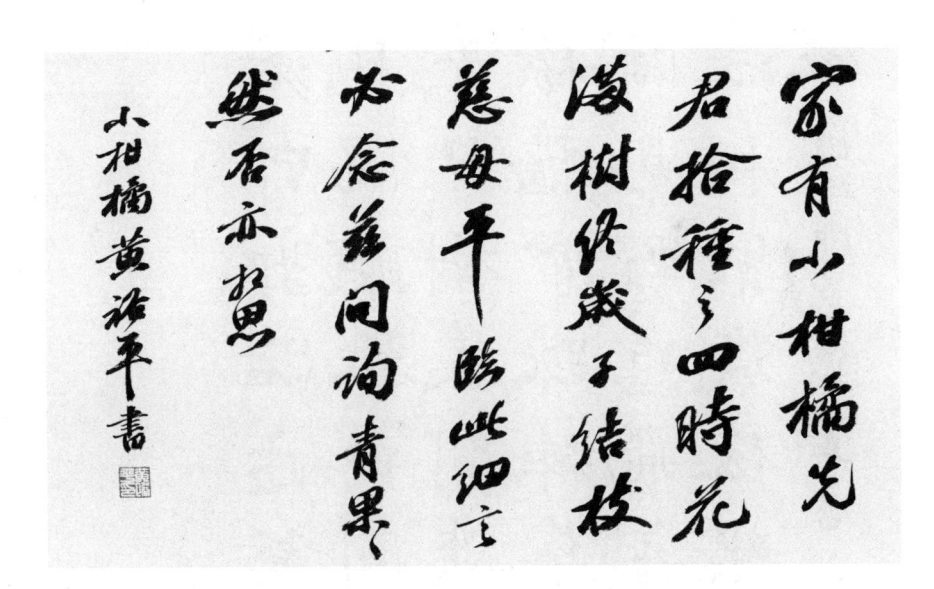

家有小柑橘,先君拾种之。
四时花满树,终岁子结枝。
慈母平临此,细言必念兹。
问询青果果,然否亦相思?

(注:我家栽有一棵小柑橘树,乃父亲在世时从外面拾他人丢弃的树苗而栽种的。其一年四季开花结果,且大大小小、青青黄黄,挂满枝头。母亲每见之,总念念有词:"要是你爸爸还在,该多好啊!"睹橘思人,遂成此诗。)

凝思拟古

回乡即景

落落村郭路迹稀，
牛羊少见偶听鸡。
田间种作无青壮，
树底闲谈有媪须。
稼穑常疏棘草长，
云天时见野鸠飞。
年关骨肉欣相聚，
岁后娘亲复泣依。

新春寄侄

修成精舍并交欢，天意垂怜美作双。
留恋春光花易谢，沉酣玉露志多伤。
前途水复行而远，后路山重履更难。
今古谁能无坎荡，经风历雨始称郎。

（注：侄子侄媳今日喜结连理，婚后卿卿我我，陶醉甜蜜。恐其沉湎欢乐而自销志气，遂作诗寄之以为醒戒也。）

题黄氏族谱诗

盛世从来多胜事,谱谍重又启华章。
往朝峭祖挥长策,累世裔孙振纪纲。
万木葱茏由根本,千江浩荡始渊源。
厥功至伟垂青史,江夏儿郎永炽昌。

(注:峭祖,即黄氏祖先峭山公;挥长策,指公元951年,峭山公召令二十一个儿子开枝散叶,到全国各地兴家立业、繁衍生息。)

初冬郊游

积日闭书斋,山鸪久未闻。
散心随北陌,趋步向东峰。
晓雾收还滞,夕晖坠欲深。
崦嵫非为远,不肯做闲人。

不肯做闲人

中国书法家协会会员
陈湖南　篆刻

为吴本清先生书法展题嵌名联

一管柔翰舒本意；满纸烟云溢清流。

(138 cm × 36 cm×2)

敢将风雨铸豪情

行香子·人生警

出道寒门，书愤精耕。忆当年、独木桥通。志存高远，腾雾乘龙。乃族之豪、家之傲、我之荣。　　帆扬志满，情骄意纵。便忘乎、本色初衷。双重冰火，一世归空。被百人讥、千人指、万人抨。

西江月·初夏晚步

四月山色似黛,三江水面如绡。有灯无月鸟宿梢,树底有人垂钓。长恨此生闲少,恼烦人间机巧。何须名利计与较,但得清光美好。

破阵子·扫黑除恶

社稷千秋望固,苍穹万里期明。风啸雨横兴恶浪,妖起伥伏乱世情。万民忧在膺。　　打虎拍蝇势定,扫黑除恶弦惊。利剑铁拳同策舞,廓尽乌云见太平。海河同晏清。

为瑞金黄氏族谱撰联

溯祖追宗有族乃旺；持公守正其世必兴。

为重建浩然堂撰联

重建本堂为何？感念先祖，赓续懿德，祈愿后嗣兴盛；会集此地做甚？共议族事，同叙宗情，乐享世代荣昌。

题浩如公画像嵌字联

气浩九霄鼎盛千载；德如三春沛泽万方。

西江月·下班道中

地北天南横贯,光阴兔兔飞蹿。车如游龙履蹒跚,人谓道塞心乱。　　理却案头零散,拾掇一日繁忙。且觉前路畅而宽,眼下华灯尽放。

为石城城公祠厚德亭题联

怀德为人但崇公和正；载义处事何惜屈与伸。

为祖祠题联（一）

遥忆吾祖，别高堂、离梓地，挈妇将雏，卜此肇千秋基业；

祈冀后昆，秉忠孝、续节廉，继往开来，同心赋九彩华章。

为祖祠题联（二）

穆穆兮吾祖，崇德尚义，笃定忠信孝悌大道；
桓桓矣公祠，既隆且固，仰承日月星辰先晖。

穆穆兮吾祖崇德尚义笃定忠信孝悌大道

桓桓矣公祠既隆且固仰承日月星辰先晖

岁次甲辰初夏黄裕平撰并书于思齐之室

题赣州城北门联

门外双江合,忆往昔,此地日日云来千帆万贾,何其盛也;
城中百业兴,看今世,斯土人人尽享舜日尧天,岂不快哉!

自撰联（一）

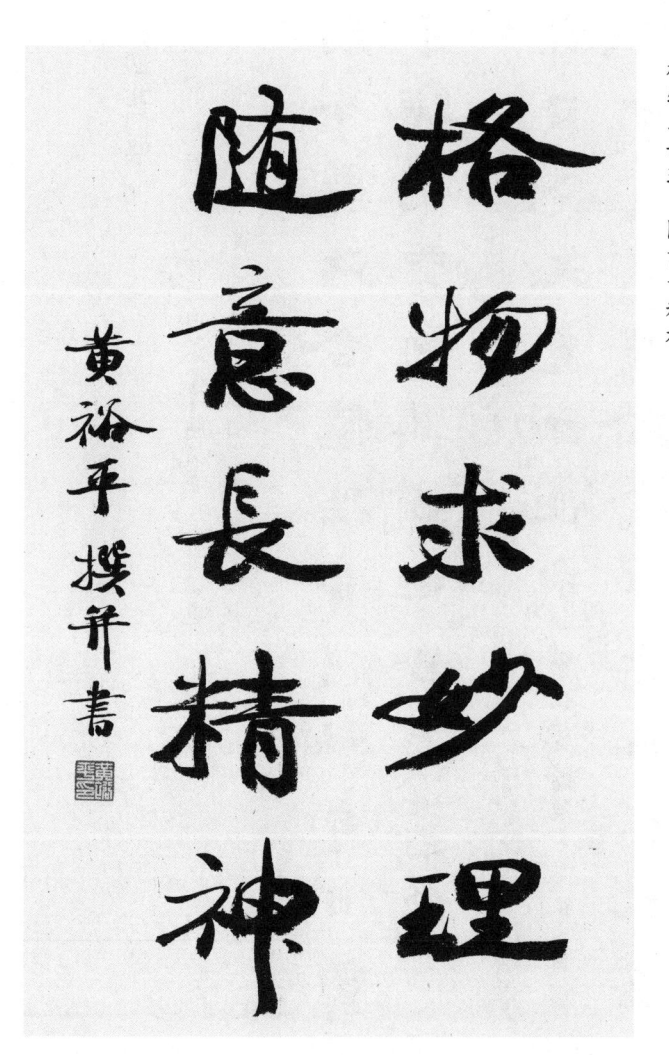

格物求妙理；随意长精神。

自撰联（二）

不愿平淡锁云志；敢将风雨铸豪情。

凝思拟古

自撰联（三）

处治无忧难长治，居安思危方久安。

笔花墨叶

至今依稀记得小时候坐在老家小院内，借着冬阳伏案描红写字的情景。不知不觉间搭上书法列车，行了一程又一程。四十一年来，采得一些花叶，也算聊以自慰，并鞭策自己继续前行，修成正果！

赣州宋城　张有财/绘

楷书 习近平词《念奴娇·追思焦裕禄》

(180 cm×69 cm)

中夜读人民呼唤焦裕禄一文是时皓月如银文思萦系

魂飞万里盼归来此水此山此地百姓
谁不爱好官把泪焦桐成雨生也沙丘
死也沙丘父老生死系暮雪朝霜毋改
英雄意气依然月明如昔思君夜难
肝胆长如洗路漫漫其修远矣每袖清
风来去为官一任造福一方遂了平生
意绿我溃滴会它千顷澄碧

右录习近平同志词念奴娇追思焦裕禄 甲辰中秋黄裕平敬书

笔花墨叶

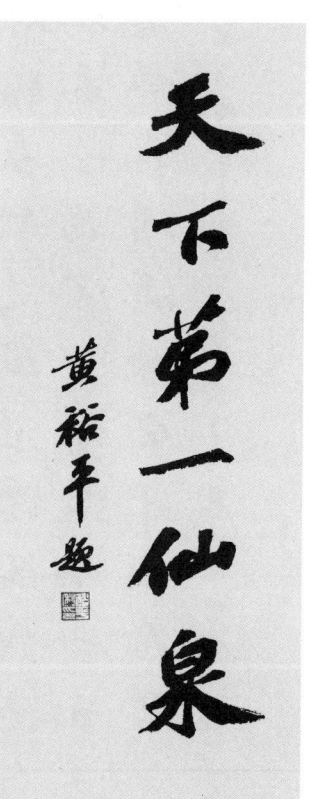

题会昌汉仙温泉

天下第一仙泉

题信丰阳明洞

阳明洞

题于都濂溪书院联

德泽沛三江,儒者云来和对如昨日；廉名垂二程,志士鹊起酬唱俱新篇。

観自在菩薩行深般若波羅蜜多時照見五蘊皆空度一切苦厄舎利子色不異空空不異色色即是空空即是色受想行識亦復如是舎利子是諸法空相不生不滅不垢不淨不增不減是故空中無色無受想行識無眼耳鼻舌身意無色聲香味觸法無眼界乃至無意識界無無明亦無無明盡乃至無老死亦無老死盡無苦集滅道無智亦無得以無所得故菩提薩埵依般若波羅蜜多故心無罣礙無罣礙故無有恐怖遠離顛倒夢想究竟涅槃三世諸佛依般若波羅蜜多故得阿耨多羅三藐三菩提故知般若波羅蜜多是大神咒是大明咒是無上咒是無等等咒能除一切苦真實不虛故説般若波羅蜜多呪即説呪曰揭諦揭諦波羅揭諦波羅僧揭諦菩提薩婆訶

般若心經 徐黄裕平沐手恭書

小楷 《心经》

(33 cm×33 cm)

楷书　苏轼《虔州八境图》

（69 cm×69 cm）

昔欲居南邨,非為卜其宅。聞多素心人,樂與數晨夕。懷此頗有年,今日從茲役。弊廬何必廣,取足蔽牀席。鄰曲時時來,抗言談在昔。奇文共欣賞,疑義相與析。

陶淵明詩一首 癸巳春黃裕平書之

楷书 陶渊明诗一首 (69 cm×69 cm)

楷书 白玉蟾诗《元旦在鹤林偶作》

（138cm×34cm）

东风吹散梅梢雪 一夜挽回天下春 从此阳春应有脚 百花富贵草精神

楷书 古诗六首

东临碣石，以观沧海。水何澹澹，山岛竦峙。树木丛生，百草丰茂。秋风萧瑟，洪波涌起。日月之行，若出其中；星汉灿烂，若出其里。幸甚至哉，歌以咏志。

神龟虽寿，犹有竟时。腾蛇乘雾，终为土灰。老骥伏枥，志在千里。烈士暮年，壮心不已。盈缩之期，不但在天；养怡之福，可得永年。幸甚至哉，歌以咏志。

对酒当歌，人生几何？譬如朝露，去日苦多。慨当以慷，忧思难忘。何以解忧？唯有杜康。青青子衿，悠悠我心。但为君故，沉吟至今。呦呦鹿鸣，食野之苹。我有嘉宾，鼓瑟吹笙。明明如月，何时可掇？忧从中来，不可断绝。越陌度阡，枉用相存。契阔谈䜩，心念旧恩。月明星稀，乌鹊南飞，绕树三匝，何枝可依？山不厌高，水不厌深。周公吐哺，天下归心。

明月照高楼，流光正徘徊。上有愁思妇，悲叹有余哀。借问叹者谁，言是宕子妻。君行逾十年，孤妾常独栖。君若清路尘，妾若浊水泥。浮沉各异势，会合何时谐？愿为西南风，长逝入君怀。君怀良不开，贱妾当何依。

鸣镝羽檄飞京都，定是胡虏来相求。长驱蹈匈奴，左顾陵鲜卑。弃身锋刃端，性命安可怀。父母且不顾，何言子与妻。名编壮士籍，不得中顾私。捐躯赴国难，视死忽如归。

昔我同门友，高举振六翮。不念携手好，弃我如遗迹。南箕北有斗，牵牛不负轭。良无盘石固，虚名复何益。

叟与雏，中夜抚枕欢，想与稚子游。吾丧久矣，不复与我言。各异凫，千里珠风雨，剧边海民，寄身于草野，妻子象禽兽，行止依林阻，柴门何萧条，狐兔翔我宇。

古诗六首 辛丑大暑黄祐平书

行书　绎志多忘嗟老大，读书有味且从容。

（138 cm×34 cm×2）

小楷 苏轼《念奴娇·赤壁怀古》

(29cm×21cm)

大江东去浪淘尽千古风流人物故垒西边人道是三国周郎赤壁乱石穿空惊涛拍岸捲起千堆雪江山如画一时多少豪杰遥想公瑾当年小乔初嫁了雄姿英发羽扇纶巾谈笑间樯橹灰飞烟灭故国神游多情应笑我早生华发人生如梦一樽还酹江月 文骥

笔花墨叶

175

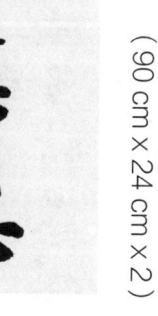

行书 雨后静观山意思，风前闲看月精神。

（90 cm×24 cm×2）

楷书　见贤思齐

（58 cm×28 cm）

小楷　古人座右铭二则

（58 cm × 28 cm）

隶书 《朱子家训》

(175 cm × 66 cm)

笔花墨叶
179

楷书 文天祥《正气歌》

（200 cm × 108 cm）

天地有正气杂然赋流形下则为河岳上则为日星於人曰浩然沛乎塞苍冥皇路当清夷含和吐明庭时穷节乃见一一垂丹青在齐太史简在晋董狐笔在秦张良椎在汉苏武节为严将军头为嵇侍中血为张睢阳齿为颜常山舌或为辽东帽清操厉冰雪或为出师表鬼神泣壮烈或为渡江楫慷慨吞胡羯或为击贼笏逆竖头破裂是气所磅礴凛烈万古存当其贯日月生死安足论地维赖以立天柱赖以尊三纲实系命道义为之根嗟予遘阳九隶也实不力楚囚缨其冠传车送穷北鼎镬甘如饴求之不可得阴房阗鬼火春院閟天黑牛骥同一皂鸡栖凤凰食一朝蒙雾露分作沟中瘠如此再寒暑百沴自辟易哀哉沮洳场为我安乐国岂有他缪巧阴阳不能贼顾此耿耿在仰视浮云白悠悠我心悲苍天曷有极哲人日已远典刑在夙昔风檐展书读古道照颜色 文天祥正气歌 黄裕平书

東南形勝三吳都會錢塘自古繁華煙柳畫橋風簾翠幕參差十萬人家雲樹繞堤沙怒濤捲霜雪天塹無涯市列珠璣戶盈羅綺競豪奢重湖疊巘清嘉有三秋桂子十里荷花羌管弄晴菱歌泛夜嬉嬉釣叟蓮娃千騎擁高牙乘醉聽簫鼓吟賞煙霞異日圖將好景歸去鳳池誇

春未老風細柳斜斜試上超然臺上望半壕春水一城花煙雨暗千家寒食後酒醒卻咨嗟休對故人思故國且將新火試新茶詩酒趁年華

右錄宋詞二首 黃祥 書于慶州

行书　宋词二首　　　　　　　　（69cm×69cm）

行书　修身如执玉，积德胜遗金。

（138 cm×34 cm×2）

行书　司马光《真率铭》

（69 cm×69 cm）

楷书 李白《宣州谢朓楼饯别校书叔云》 (168cm×66cm)

弃我去者昨日之日不可留
乱我心者今日之日多烦忧
长风万里送秋雁对此可以酣高楼
蓬莱文章建安骨中间小谢又清发
俱怀逸兴壮思飞欲上青天览明月
抽刀断水水更流举杯消愁愁复愁
人生在世不称意明朝散发弄扁舟

敢将风雨铸豪情

楷书 宋词二首

（138 cm × 34 cm）

大江東去浪淘盡千古風流人物故壘西邊人道是三國周郎赤壁亂石穿空驚濤拍岸捲起千堆雪江山如畫一時多少豪傑遙想公瑾當年小喬初嫁了雄姿英發羽扇綸巾談笑間強虜灰飛煙滅故國神遊多情應笑我早生華髮人生如夢一樽還酹江月晝芳過西湖好狼藉殘紅飛絮濛濛垂柳欄杆盡日風笙歌散盡遊人去始覺春空垂下簾櫳雙燕歸來細雨中宋詞二首黃裕平書

楷书 立德立功立言，千古不朽；悟心悟道悟理，万载光明。

（180 cm×35 cm×2）

行书 有雨云生石，无风叶满山。

(138 cm × 34 cm × 2)

笔花墨叶

楷书 临苏轼《跋吏部陈公诗帖》 (22 cm × 79 cm)

敢将风雨铸豪情
188

后记

说实话，此前我还真没想过出书。

一次偶然的机会，一位好友送我一本他近期出的书，并谈了他出书的体会——并非为了出什么名，而是对自己的一种生活回眸和事业鞭策。他听说我也写了一些文章和诗词对联，便建议我也不妨试试出本书。因为我们相似的经历和曾经相同的岗位，我一口气读完了他的书，于是，有了一点点"心动"。

记得大学毕业后在中学当语文老师多年，一直想发表一点散文或教学论文什么的，却屡投屡不中。那时候真有些自卑和沮丧。本是学中文的，又当老师，连一篇文章都发不了，何其惭愧！不甘心之余，继续笔耕，并带上拙作到时任《赣南日报》副刊编辑尹林春（他是我的同门师兄）处，请其指点迷津。他看了我的文稿，并做了具体指导，嘱我回去再改。按其意，我做了两遍修改，誊好稿寄给他。三天后，我的处女作《事事留心》终于登报了。欣喜之余，也非常感激林春师兄的指导。此后，我相继发表了《不妨狂一回》《敢将风雨铸豪情》《拥有书房》等作品。这算是我迈出写文章的第一步吧。

1994年7月，我有幸从中学调回母校赣南师范学院任教，从事"三字一话"（钢笔字、粉笔字、毛笔字、普通话）教学。于是，我除了写散文，还写书法教学理论文章，且从1995年在《中国钢笔书法》杂志发表第一篇书法理论文章《谈读帖与临帖的关系》后，陆续又发了多篇。我印象中是"箭无虚发"，每投必中，颇有些小成就感！

1997年我通过公务员考试进入公安队伍，先后从事宣传、办公文秘工作，于是写宣传稿和公文多了，书法理论文章则完全中止，但仍偶尔写些随笔。掐指一算，从大学毕业到现在，林林总总也发了四五十篇稿子。心想，整理一下，还真能凑合出一本"书"（注：书中文章按写作时间先后编制，略有改动）。

其实，写文章是我业余生活的副业，而书法才是主业。因为书法创作，便决计不做"抄"书人，近年来一度爱上了对联和古诗词，也邯郸学步地试作些诗、词、对联。虽说拙劣，也未见诸报端网络，却也自觉有些进步。因此，自揣浅陋，索性将这些诗、词、联亦编入书中，让本书来个"大杂烩"，也权当"与众不同"吧。

非常感谢我的书法恩师、八十八岁高龄的吴本清先生为我题写书名，非常感谢张伟先生、钟兴旺先生为拙书作序，且对我褒扬有加；也非常感恩长期以来给我关心、指导、帮助和鼓励的亲人、师长和朋友。正因为他们，才有我的些许成绩；正因为他们，我才勇敢迈出了出书这一步！

竭诚希望广大读者批评指导！

黄裕平
2024年8月6日立秋前日